AF359552

POÈTES ANCIENS

Conteurs en Prose et Auteurs facétieux

PARIS

THÉOPHILE BELIN, LIBRAIRE

48, Rue Cambon, 48

Ci-devant, 29, Quai Voltaire

JUILLET 1913.   TÉLÉPHONE 266-81   No 341

POÈTES ANCIENS

1789. **Aceilly** (d.). Nouveau Recueil de diverse (*sic*) poésies du Chavalier d'Aceilly. *Paris, Michel Brunet,* 1671 ; in-12, mar. orange, comp. de fil. droits et courbes, dos orné et mosaïqué de mar. bleu, dent. int. (*Lortic*).
100 fr.

Recueil très recherché, dédié à Colbert. Il contient des madrigaux spirituels qui firent fortune à l'époque.

1790. **Angelius.** Petri Angelii Bargæi Cynegetica. Item. carminum libri II, Eglogæ III. *Lugdum, apud hæredes Sebast. Gryphii* 1561; in-4, veau brun, dos orn., dent., milieux dorés, tr. dor. (*Rel. du XVIe siècle*).   200 fr.

Ouvrage rarissime de poésies cynégétiques, orné de la marque de *Gryphe* et de grandes et belles initiales historiées, dans une bonne reliure du xvie siècle. Il est dédié à Cosme de Médicis.

1791. **Arioste** (Lod.). Orlando furioso de M. Lodovico Ariosto, tutto ricorretto, et di nuove figure adornato. Con le annotationi, o le Dicharrationi di Girolama Ruscelli. La Vita dell'autore descritta dal signor guiouambattista Pligna, gli scontri de luoghi mutali dall' autore doppola sua prima impressione. *Venetia, Vincenzo Valgrisi,* 1566; in-8, vélin blanc, encadrements dorés sur les plats dos entièrement orné, tr. dor. (*Rel. anc.*)
200 fr.

Edition rare, imprimée en caractères italiques et publiée avec les annotations de Ruscelli et la vie de l'auteur par G.-P. Pigna.

Elle est ornée de 47 gravures sur bois, à toute page, avec bordures historiées, faites sur les dessins de *Dosso Dossi*, de vignettes-fleurons à mi-page et de nombreuses grandes initiales historiées.

1792. **ARIOSTE.** Orlando furioso, adornato di fig. rame da Gir. Porro. *Venetia, Franc. di Franceschi* 1584; gr. in-4, à 2 col., caractères italiques, 20 ff. prélimin., y compris le titre et le texte finissant à la page 588; ensuite on trouve les stances de L. Gonzaga; les changements faits par l'Arioste et recueillis par Pigna; annotations de Ruscelli, changements et améliorations faits par l'Arioste, ses imitations de divers auteurs; exposition des sujets et des fables de son poème, par Nic Eugenico; autres choses qui ont été remarquées par Simon Fornari; le tout occupant les pages 589 à 654; puis les tables des premiers vers de chaque stance, par T.-B. Rota, 16 ff. non chiffrés, et enfin les observations d'Alb. Levazuola sur ce poème, 43 ff., mar. vert, dos orné, larges dentelles sur les plats, dent. int., tr. dor. (*Rel. anc.*)   600 fr.

Belle édition ; elle est recherchée à cause des notes qui l'accompagnent et des gravures de *Porro* dont elle est ornée. Superbe *reliure de Pasdeloup*.

1793. **ARIOSTE.** Orlando furioso, di Ludovico Ariosto. *Birmingham, G. Baskerville,* 1773, 4 vol. gr. in-8, figures, mar. vert, fil. dor. et rosaces, dos orné, dent. int., tr. dor. (*Rel. anc.*)
650 fr.

Superbe édition, illustrée de 1 portrait par *Ficquet* et 46 figures par *Cipriani, Cochin, Eisen, Greuze* et *Moreau*, gravées par *Bartolozzi, Choffard, Duclos, de Ghendt, de Longueil, Martini, Moreau,* etc.

Rare en cette condition.

1794. **Assoucy** (Charles d'). Les Aventures de monsieur d'Assoucy. *Paris, Claude Audinet,* 1678 ; 2 tomes en un vol. in-12, portr., mar. citron, dos orné, fil., tr. dor. (*Chambolle-Duru*).   150 fr.

D'Assoucy a inséré dans le récit de ses aventures un assez bon nombre de vers, parmi lesquels se trouve la pièce célèbre qu'il fit en quittant Montpellier : « *Pourquoi donc, sexe au teint de rose...* » Ce livre est surtout recherché pour les détails qu'on y trouve sur Molière, dont d'Assoucy suivit la troupe pendant quelque temps.

1795. **Baffo.** Raccolta universale delle Opere di Giorgio Baffo Veneto. *Cosmopoli*, 1789; 4 vol. in-8, portr., titres gravés, demi-rel. basane. 50 fr.

EDITION RARE, ornée d'un portrait de l'auteur et de 4 titres gravés, et PREMIÈRE ÉDITION COMPLÈTE publiée à Venise, aux frais du comte de Pembroke.

Ce recueil de poésies érotiques, malgré le choix singulier et quelque peu brutal des sujets, est justement renommé pour l'originalité, l'élégance, la naïveté de la langue. La bonhomie de l'auteur lui permet de tout dire avec art.

1796. **Baïf** (Lazare). Bayfius (Lazarus), De Re Vestiara libellus, addita vulgaris linguae interpretatione, in adolescentulorum gratiam atque utilitatem. *Lutetiae ex officina R. Stephani*, 1547; in-8 de 66 ff. chiff. et 6 ff. pr. l'index, mar. rouge, fil. dor., dos orné à la fanfare, dent. int., tr. dor. (*Rel. anc.*) 80 fr.

Opuscule recherché de Lazare Baïf, père du poète. Jolie édition imprimée par Robert Étienne dans une très bonne reliure de *Padeloup*.

Exemplaire du duc DE LAVALLIÈRE, petit-neveu de Mlle de Lavallière (1708-1780); c'est le plus célèbre bibliophile du XVIIIe siècle.

1797. **Baïf** (Jean-Antoine de). Les Passe - Temps. *Paris, Lucas Breyer*, 1573 ; in-8, mar. rouge, dos orné, fil., tr. dor. (*Chambolle-Duru*). 150 fr.

C'est le chef-d'œuvre de Baïf, où se trouve la célèbre pièce du *Printemps*.
Bel exemplaire d'une édition rare.

1798. **Bauderon de Senecé.** Satyres nouvelles. *Paris, Pierre Aubouyn*, 1695 ; in-12, réglé, mar. rouge dos orné, fil., tr. dor. (*Hardy*). 60 fr.

EDITION ORIGINALE d'un des meilleurs ouvrages de ce célèbre poète et conteur (1643-1737). Il eut une jeunesse remplie d'aventures romanesques, fut même forcé de se réfugier d'abord en Savoie, puis en Espagne, retourna à Mâcon en 1659, y épousa la fille de l'intendant de la duchesse d'Angoulême et acheta en 1673 à de Visé la charge de premier valet de chambre de Marie-Thérèse, femme de Louis XIV, qu'il garda jusqu'en 1683. Obligé de retourner à Mâcon après la mort de la reine, il publia, pour se distraire, ses diverses œuvres poétiques, parmi lesquelles ce recueil de vers.

1799. **BEMBO** (P.). Gli Asolani di messer Pietro Bembo. *Impressi in Vinegia nelle case d'Aldo romano et d'Andrea Asolano, nel anno 1515 del mese di Maggio*, in-8 de 130 ff., veau brun, compart. de fil. et de dentelles à froid, angles et milieux ornés. (*Rel. du XVIe siècle*). 400 fr.

Edition très rare des *Dialogues sur l'amour*, du Cardinal Bembo. Elle contient l'épître dédicatoire à Lucrèce Borgia, dont la bienveillance pour l'auteur était très vive, d'aucuns ont dit « extrême ».
Jolie reliure à arabesques.

1800. **Benserade.** Orphée, tragédie en musique, représentée par l'Académie royale de musique. — *Suivant la copie imprimée à Paris (Amsterdam)*, 1690; frontisp. par J. van den Avele. — Le Palais de Flore, ballet dansé à Trianon. — Thétis et Pélée. — *Ibid*, 1689; frontisp. — Zéphire et Flore. opéra. *Ibid*, 1688; frontisp. En 1 vol. pet. in-12, mar. vert, fil., dos orné, tr. dor. (*Kochler*). 40 fr.

Editions recherchées.

1801. **Benserade.** Les Œuvres de Monsieur de Benserade. Première [et seconde] partie. *Paris, Charles de Sercy*, 1697 ; 2 vol. in-12, front. grav., mar. rouge, dos ornés, fil., tr. dor. (*Capé*). 150 fr.

Première édition collective des œuvres de Benserade.
Bel exemplaire.

1802. **Billaut** (Me) [Billaut]. Les Chevilles de Me Adam, menuisier de Nevers. *Paris, Toussaint Quinet*, 1644 ; in-4, port., mar. rouge, fil., dos orné, dent. int., tr. dor. (*Derôme*). 150 fr.

EDITION ORIGINALE, rare, surtout en mar. ancien.
Exemplaire contenant le portrait de l'auteur, qui manque généralement.

1803. **Billaut** (Adam). Les Chevilles de Me Adam, menuisier de Nevers. Seconde édition, augmentée par l'autheur. *Rouen, Jacques Cailloué et Jean Viret*,

1654; pet. in-8, veau fauve, dos orné, fil., tr. dor. 30 fr.

L'ouvrage de Maître Adam est précédé de l' « Approbation du Parnasse ». odes, épigrammes, stances et sonnets, adressés à l'auteur, par les beaux esprits de ce temps : Saint-Amant, Boisrobert, Scudéry, Corneille, Colletet, d'Alibray, Ragueneau le pâtissier, Monglas, etc., etc.

1804. **Billaut** (Adam). Le Villebrequin de Me Adam, menuisier de Nevers, contenant toutes sortes de poésies gallantes, tant en sonnets, épistres, épigrammes, etc. *Paris, Guillaume de Luyne,* 1663; in-12, mar. rouge, dos orné, fil., dent. int., tr. dor. (*Hardy-Mennil*). 60 fr.

ÉDITION ORIGINALE. Elle est précédée d'une dédicace au Prince de Condé qui était le protecteur de Billaut.
Bel exemplaire.

1805. **Boisrobert** (François le Metel de). Le Sacrifice des muses, au grand cardinal de Richelieu, *Paris, Cramoisy,* 1635. — Epinicia mutarum eminentissimo cardinali duci de Richelieu. *Parisiis, Cramoisy,* 1634. Ens. 2 tom. rel. en un vol. in-4, veau fauve, dos orné, fil., dent. int., tr. dor. (*Niedrée*). 120 fr.

L'abbé de Boisrobert était le boute en train du Cardinal de Richelieu. Son plus grand soin était de délasser l'esprit du cardinal, après ses grandes occupations, par ses contes et bons mots où il excellait. Ce divertissement était si utile à ce ministre que Citois, son premier médecin avait coutume de lui dire : « Toutes nos drogues vous sont inutiles si vous n'y mêlez un peu de Boisrobert ». Ce très beau livre est un recueil de louanges en vers, en français et en latin, composées en l'honneur du Cardinal. Boisrobert y a réuni les plus grands noms du temps tels que *Desmarets, de l'Estoile, Chapelain, Colletet, Malherbe, Racan,* etc. sans compter ses propres poésies. Le livre est dédié à Richelieu et contient un superbe portrait du Cardinal.

1806. **BRUNET** (Nicolas). Minorque conquise, poème héroïque en quatre chants (par N. Brunet). *A Genève et à Paris, chez la Vve Delormel et fils,* 1756 ; gr. in-8, mar. rouge, fil., large et riche dentelle de guirlandes à motifs de feuillage sur les plats, dos orné de fleurs, dent. int., doublé et gardes de moire bleue, tr. dor. (*Derôme*). 450 fr.

Le poème est précédé de la liste des principaux officiers qui se sont distingués au siège de Mahon, sous le commandement du maréchal duc de Richelieu.
Magnifique exemplaire sur papier vergé dans une très originale reliure de *Derome* et de toute fraicheur.

1807. **CARMINA** quinque illustrium poetarum (Petri Bembi, Andreae Naugerii, Bath. Castilioni, Joan. Cottae, M. Ant. Flaminii) *Florentiae apud C. Terrentinum,* 1552, in-12 de 388 pp., mar. brun, comp. de fil. à froid et dor., arabesques dor. et fleurons sur les plats, dos orné, tr. dor. et cisel. (*Rel. du XVIe s.*) 600 fr.

Recueil très rare, contenant les célèbres poésies latines de Flaminio, à savoir la paraphrase des Psaumes, le *libellus sacrorum carminum* (pp. 97-388).
Elégante reliure.

1808. **Chapelain** La Pucelle, ou la France délivrée. Poème héroïque. *Suivant la copie imprimée à Paris,* 1656; pet. in-12 de 362 pp., non compris les ff. prél. ni la table, mar. bleu, 3 rangées de fil., milieux ornés, dos orné, dent. int., tr. dor. (*Masson-Debonnelle*). 60 fr

Edition imprimée en Hollande et qui fait partie de la collection des Elzéviers. Elle est ornée d'un frontispice et de 8 figures hors texte par *A. Bosse.*
Livre rare.
Bel exemplaire, sous la bonne date.

1809. **CHARTIER.** LES ŒUVRES ‖ FEU MAISTRE ALAIN CHARTIER en son ‖ vivant secrétaire de feu roy Char. ‖ les septiesme du non (*sic*). *Nouuelle* ‖ *ment imprimées reueues et* ‖ *corrigiées oultre les pre* ‖ *cedétes impressions* ‖ *On les vend à Paris en la grant* ‖ *salle du palais au premier Pillier en* ‖ *la bouticque de Galliot du pre Li* ‖ *braire iure de luniversite,* 1529; pet. in-8, réglé mar. rouge, dos orné, large dent. sur les plats, tr. dor. (*Derôme*). 2.000 fr.

Superbe exemplaire. La reliure est remarquable.

Cette édition de 1529 a été donnée sur celle de 1526 ; elle est fort recherchée, et admirablement imprimée en lettres rondes. Elle est ainsi composée : 12 ff. prél. pour le titre, la table des livres contenus dans le présent volume, le préambule et la table des matières, 366 ff. chiffrés pour le texte qui finit ainsi au verso du dernier feuillet || *Fin des œuvres de maistre Alain Chartier.* || *Imprimées à Paris, par maistre Pierre Vidoue* || *Lan CCCCC.XXIX pour Galliot du pré Librai* || *re demeurant au dit Lieu* || .

1810. Chéron (Élisabeth-Sophie). Essay de Pseaumes et Cantiques mis en vers, et enrichis de figures par Mademoiselle *** (Chéron). *Paris, Michel Brunet,* 1694; in-8, mar. brun jans., tr. dor. (*Allo*). 50 fr.

Frontispice et 24 figures sur cuivre, dessinées et gravées par *Louis Chéron,* frère de l'auteur.

Exemplaire de PREMIER TIRAGE reconnaissable au frontispice portant la mention : « Pseaumes nouvellement mis en vers français, enrichis de figures », et à l'absence de numéros dans la partie supérieure des estampes, Remarquons encore que les figures 4 et 19, 7 et 9 se répètent.

1811. Coffin (C.). Hymni sacri, auctore Carolo Coffin, ant. universtatis parisiensis rectore, collegii Dormano Bellovaci gymnasiarcha. *Parisiis,* 1736, in-12, mar. rouge, 3 rang. de fil. dor., dos orné et au pointillé, dent. int., tr. dor. (*Rel. anc.*) 150 fr.

Charles Coffin (1676-1749) était un poète et humaniste de renom. Il fut principal du collége de Beauvais à Paris, puis recteur de l'Université en 1710. Ses hymnes, remarquables d'élégance, furent admises dans le Bréviaire de Paris.

Exemplaire aux armes de LOUIS DUC D'ORLÉANS, fils du Régent

1812. Coquillart. Les Poésies de Guillaume Coquillart. *Paris, Ant.-Urb. Coustelier,* 1723, in-12, mar. rouge, 3 rang. de fil. dor. et rosaces, dos orné, tr. dor. (*Rel. anc.*) 100 fr.

Coquillart était official de l'église de Reims, en 1478 et il assista au sacre de Charles VIII. Il avait une grande renommée au XVIe siècle pour sa facilité de poète.

C'est la principale édition publiée depuis le XVIe siècle. Très recherchée.

1813. Courval-Sonnet. Les Satyres du Sr Thomas de Courval-Sonnet et satyres Menippée sur les poignantes traverses du mariage. *Paris, Rolet Boutonné,* 1621 ; in-8, portrait, mar. citron, fil., dent. int., dos orné, tr. dor. (*Thibaron-Joly*). 200 fr.

Édition rare. Elle est dédiée à la reine Marie de Médicis. En tête de la première satire se trouve un superbe portrait de l'auteur, très finement gravé, signé : *Matheus fecit.* 54 pp. liminaires, 112 pp. pour les satires, 102 pp. pour la Satyre Ménipée sur les poignantes traverses du mariage, 1 f. pour le privilége.

1814. Courval-Sonnet (Thomas). Satyre Ménippée contre les femmes. Sur les poignantes traverses et incommoditez du Mariage, par Thomas Sonnet, Gentilhomme Virois. *A Lyon, pour Vincent de Cœursilly,* 1623; in-8, mar. vert olive, dos orné, compart. de fil. et dent sur les plats, dent. int., tr. dor. 100 fr.

Exemplaire avec les deux titres; sur le premier titre que nous avons donné ci-dessus se trouve le portrait de l'auteur gravé en taille-douce.

Première édition complète de ces satyres dans une très belle reliure analogue à celles de Renouard.

1815. COUSTEAU (Pierre). Le Pegme de Pierre Cousteau, mis en françoys par Lanteaume de Romeu, gentilhomme d'Arles. *Lyon, Macé Bonhomme,* 1555; in-8, mar. rouge jans., tr. dor. (*Trautz-Bauzonnet*). 375 fr.

PREMIÈRE ÉDITION de cette traduction française, ornée de jolies figures emblématiques gravées sur bois, entourées de bordures.

Très bel exemplaire.

1816. CRINITUS (Petrus). Opera, scilicet de honesta disciplina libri XXV, poetis latinis libri V, et poëmaton libri II, cum indicibus. *Lugduni, apud Antonium Gryphium,* 1585; pet. in-8 de 858 pp., vélin, compart. de filets, et en losange, guirlandes de feuillages et fleurs sur les plats, dos

Et de Livres anciens et modernes

couvert de flammes, tr. dor. (*Rel. du XVIe s.*)   1.000 fr.

Crinito, biographe et poète italien, était un savant de grand renom à qui les premières familles de Florence confiaient la charge de leurs enfants. Verino, un des maîtres de Crinito a fait un grand éloge de ses vers qui, dit-il, vivront éternellement :

« Discipulique mei Criniti carmina Petri Aeternum vivent »

Livre rare, dédié à Bernard Caraffa, évêque d'Antioche.

Très originale et belle reliure semée des chiffres H. M. (Henri et Marguerite) entrelacés aux angles et au centre des plats. Ces chiffres accompagnés de marguerites semblent être ceux de *Marguerite de Valois*.

1817. Davity. Les Travaux sans travail de Pierre davity de Tournon en Viveroys, avec le Tombeau de madame la Duchesse de Beaufort. Revue et corrigée de nouveau. *A Lyon, par Thibault Ancelin,* 1601; in-12 de 12 ff. prélim. et 192 ff. (dont le dernier blanc), vélin blanc, fil. et milieu dorés, tr. dor. (*Rel. anc.*) 150 fr.

ÉDITION ORIGINALE inconnue à Brunet, qui ne cite que l'édition de Paris, 1602.

Charmant exemplaire dédié au duc de Vendôme, dans une reliure, ornée de guirlandes sur les plats et de marguerites au dos du vol.

1817 *bis* Desmarest (J.). Clovis, ou la France chrestienne. Poème héroïque. *Paris, A. Courbé,* 1657; in-4, fig., veau fauve. (*Rel. anc.*) 40 fr.

Ouvrage illustré de 26 estampes par *Bosse,* il est orné, dans le texte et sur les planches, de nombreux chiffres entrelacés gravés sur bois et sur cuivre, d'après les dessins de *Armand Desmarets,* frère de Jean, auteur d'un recueil de chiffres publié en 1664.

1818. Des Portes. Les premières œuvres de Philippe Des Portes... Reveues, corrigées et augmentées outre les précédentes impressions. *Paris, Robert Le Manguier,* 1583; in-12, mar. rouge, dos orn., fil., dent. int., tr. dor. (*Trautz-Bauzonnet*). 120 fr.

C'est l'un des meilleurs poètes antérieurs à Malherbe.

Bel exemplaire. Haut. : 142 millim.

1819. Des Portes. Les Premières Œuvres de Philippes Desportes. Deuxième édition, reveue et augmentée. *A Paris, par Mamert Patisson,* 1600 ; pet. in-8, vélin. (*Rel. anc.*) 150 fr.

Très belle édition imprimée en caractères italiques. Légères mouillures.

1820. DOLCE. La Medea, tragedia di M. Lodovico Dolce. *In Vinegia, Gab. Giolito de Ferrari,* 1558 ; pet. in-8, mar. rouge, encad. et jolies arabesques avec semis au pointillé sur les plats, tr. dor. et cisel. (*Rel. du XVIe s.*) 1.500 fr.

A la suite de la Médée de Dolce, Cleopatra, tragedia di M. Cesare di Cesari. *In Venetia,* 1552. — Cleopatra di M. Alessandro Spinello, *Ibid.,* 1550. — La Progne, tragédia di Parabosco. *Ibid.,* 1548. — Altea, tragédia di Gratarolo, di Salo. *Ibid.,* 1556. — La Sophonisba, del magnifico Galeotto Carretto. *Ibid., Giolito de Ferrari,* 1546.

Superbe reliure.

1821. Dolce (Lodovico). L'Achille et l'Enea di messer Lodovico Dolce, dove egli tessendo l'historia della Iliade d'Homero a quella dell Eneide di Vergilio, ambedue l'haridotte in ottava rima. *Vinegia, Gabriel Giolitto,* 1571; in-4, figures, vélin à recouv. (*Rel. anc.*) 70 fr.

Ouvrage recherché du poète Louis Dolce, qui se distingua aussi comme historien, grammairien, philosophe.

Très jolie édition ornée d'un portrait de l'auteur, à toute page, et de 55 vignettes à mi-page, entourées de remarquables bordures d'arabesques et à personnages; nombreuses lettres historiées.

1822. Dorat. FABLES NOUVELLES (par M. Dorat). *La Haye et Paris, Delalain,* 1773 ; 2 tomes en un vol. in-8, fig., cart. anc. 300 fr.

Un des plus jolis livres du XVIIIe siècle, illustré de 2 frontispices par *Marillier,* gravée par *Delaunay,* 1 fleuron, 99 vignettes et culs-de-lampe de *Marillier,* gravés par *Arrivet, Baquoy, Delaunay, Duflos, De Ghendt, Le Gouuy, Lebeau, Leveau, Lingée, de Longueil, Louis Legrand, Le Roy, Masquelier, Née, Ponce,* etc.

1823. Du Bartas. Les Œuvres de Guillaume de Salluste, seigneur du Bartas. Reveues et augmentées par l'auteur. En ceste dernière édition ont esté adjoustez les Commentaires sur la Sepmaine, propres pour l'intelligence des mots et matières y contenues. Arguments généraux et sommaires bien amples au commencement de chaque livre avec annotations en marge. Le tout en meilleur ordre et forme qu'en précédentes éditions. *Paris, M. Gadouleau*, 1583; pet. in-8, vélin. (*Rel. anc.*).   50 fr.

Edition recherchée qui contient les commentaires de *Simon Goulart*.

1824. **Du Bartas** Commentaires sur la Sepmaine de la Création du Monde, de Guillaume de Saluste, sieur du Bartas. Le tout, diligemment reveu et corrigé outre les précédentes impressions. *Rouen, Raphaël du Petit-Val*, 1589; in-12, vélin blanc à recouvr. (*Rel. anc.*)   30 fr.

Ce Commentaire de la Semaine est de Simon Goulart.

1825. **Du Bartas**. Les Œuvres de G. de Saluste, Sr du Bartas, reveües, corrigés, augmentées de nouveaux commentaires, annotations en marge et embellies de figures sur tous les jours de la semaine. Plus a esté adiousté la première et seconde partie de la suite avecq l'argument général et amples sommaires au commencement de chacun livre par S. G. S. (Simon Goulart, Senlisien). Dernière édition. *Paris, Jean de Bordeaulx*, 1611 ; 2 parties en un vol. in-fol., beau titre-front. gr. et fig. sur cuivre, vélin à recouvrements. (*Rel. anc.*)   120 fr.

Edition la meilleure et la plus complète, imprimée avec un grand luxe typographique.
Superbe exemplaire, très pur, grand de marges et dans son ancienne reliure.

1826. **Du Bartas**. Les Œuvres poétiques de G. de Saluste, seigneur du Bartas, prince des poëtes françois. En cette nouvelle édition est contenu tout ce qui a esté mis en lumière dudit auteur. Le tout reveu et augmenté avec arguments nouveaux. *Rouen, Jacq.*

Cailloué, 1623 ; pet. in-12, mar. rouge, dos orné, fil., tr. dor.   70 fr.

Jolie édition, l'une des plus complètes des œuvres de ce poète.

1827. **DU BELLAY** (Joachim). Les Œuvres Françoyses de Joachim du Bellay, gentilhomme angevin et poète excellent de ce temps. Reveues et de nouveau augmentées de plusieurs Poésies non encores auparavant imprimées. *A Rouen, pour George l'Oyselet, 1592*; in-12, mar. rouge, dos orné, fil., tr. dor. (*Trautz-Bauzonnet*).   250 fr.

Bel exemplaire de cette charmante édition imprimée en caractères italiques.

1828. **DU BELLAY** (Joachim). Les Œuvres Françoyses de Joachim du Bellay, gentilhomme angevin et poète excellent de ce temps. Reveues et de nouveau augmentées de plusieurs Poésies non encores auparavant imprimées. *A Rouen, pour George l'Oyselet, 1592*; in-12, de XII et 584 ff., mar. citron, fil., dos orné, tr. dor. (*Derôme*).   500 fr.

Edition, rare et recherchée, imprimée en jolis caractères italiques.
Superbe exemplaire relié par Derome.

1829. **Du Lorens** (Jacques). Les Satyres du Sieur du Lorens. Divisées en deux livres. *Paris, Jacques Villery*, 1624; in-8, mar. vert, dos et milieux ornés et mosaïqués, fil., tr. dor. (*Petit*). 80 fr.

Bel exemplaire de l'ÉDITION ORIGINALE, contenant 11 satires dans le premier livre et 14 dans le second.

1830. **DU LORENS**. Les Satires de M. Du Lorens, président de Chasteau-Neuf. *Paris, Antoine de Sommaville*, 1646 ; in-4, mar. bleu, tr. dor. (*Trautz-Bauzonnet, 1850*).   250 fr.

Edition rare de ces satires d'une facture originale.
Exemplaire de Ch. NODIER, relié depuis la vente de cet amateur, avec son *ex-libris* conservé. Il renferme les pp. 137-138, 183-184 et 203-204 qui manquent souvent.
Le goût de Du Lorens (1583-1650) pour la satire lui suscita plus d'une méchante

affaire; il compta en revanche d'illustres amis, parmi lesquels le président Molé et le poète Rotrou. Les satires de Boileau, en particulier la satire sur la Noblesse et les Embarras de Paris révèlent des emprunts manifestes à Du Lorens.

Livre dédié à M. de Brisonnet, conseiller du Roy. Armes de LOUIS XIII sur le titre.

1831. **Du Verdier**. Les Omonimes, satire des mœurs corrompues de ce siècle, par Antoine du Verdier, homme d'armes de la compagnie de M. le Seneschal de Lyon. *Lyon, Antoine Gryphius*, 1572; in-4, de 12 ff., mar. bleu, dos orné, fil., tr. dor. (*Bauzonnet-Trautz*). 150 fr.

ÉDITION ORIGINALE de ce singulier poème; chaque vers se termine par un homonyme du dernier mot du vers précédent.

1832. **Du Verdier** (Antoine). Les Omonimes, satire des mœurs corrompues de ce siècle. Par Antoine du Verdier. *Lyon, Antoine Gryphius*, 1572. (A la fin :) *A Lyon, de l'impr. de Pierre Roussin* 1572; in-4 de 12 ff., mar. rouge jans., tr. dor. (*Trautz-Bauzonnet*). 120 fr.

Curieuse satire due au célèbre auteur de la *Bibliothèque françoise*. Même livre. Bel exemplaire.

1833. **Fabliaux** et Contes des poètes français des XIe, XIIe, XIIIe, XIVe et XVe siècles, tirés des meilleurs auteurs, nouvelle édition, augmentée et revue sur les Mss. de la Bibliothèque Impériale, par M. Méon. *Paris, B. Warée (de l'impr. de Crapelet)*, 1808; 4 vol. in-8, fig., demi-rel. mar. rouge à long grain, *non rognés*. 150 fr.

4 figures par *Langlois*, gravées par *Delvaux* et de *Villiers*.

Exemplaire en GRAND PAPIER avec triple état des gravures, EAUX-FORTES, AVANT LA LETTRE et avec la lettre.

1834. **FAERNE**. Fabulae centum ex antiquis auctoribus delectae et a Gabriele Faerno Cremonensi carminibus explicatae. *Romae, Vinc. Luchinus*, 1563; in-4, de 4 ff. prél. et 100 pp., vélin blanc à rec. (*Rel. anc.*) 300 fr.

Première édition, rare, des fables de Faerne publiées par Silvius Antoninus qui les dédia au Cardinal Charles Borromée.

Elles sont ornées de 100 figures, gravées à l'eau-forte, d'après les dessins du Titien, avec beaucoup d'art.

PREMIER TIRAGE.

1835. **FAERNE** (Gabr.). Fabulæ centum ex antiquis auctoribus selectæ et a Gabriele Faerno Cremonensi carminibus explicatæ (a Silvio Antoniano editæ.). *Romæ, Vinc. Luchinus*, 1565; in-4 de 4 ff. prél. et 100 ff. chiff., figures, mar. rouge, compart. de fil. et dent de feuillage, dos orné, dent. int., tr. dor. (*Bozerian*). 300 fr.

Jolie édition, ornée de 100 gravures à l'eau-forte d'après *le Titien*.

Bel exemplaire sur papier de Hollande avec de bonnes épreuves des figures.

1836. **Faerne**. Cent fables choisies des anciens auteurs, mises en vers latins par Gabriel Faerne et traduites par Perrault. *Londres, Darres et Du Bosc* 1743; in-4, mar. vert, dos orn. fil. et coins, dent. int., tr. dor. (*Petit*). 150 fr.

Orné de 1 frontispice gravé par *Du Bosc* et 100 vignettes non signées. Texte latin en regard.

1837. **FERRAND**. (David). Inventaire général de la Muse normande, divisée en XXVIII parties. Par David Ferrand. *Et se vendent à Rouen, chez l'auteur*, 1655; pet. in-8, mar orange, fil., dos orné, tr. dor. (*Trautz-Bauzonnet*). 300 fr.

Recueil très rare de poésies normandes où sont décrites plusieurs Batailles, Assauts, Prises de Villes, Guerres estrangeres, Victoires de la France, Histoires comiques, Esmotions populaires, grabuges, et choses remarquables arrivées à Rouën depuis quarante années.

1838. **FIRDOUSI**. Le Chàh Nàmeh. In-fol. de 485 ff., mar. noir, doubl. encad. de dent laque ornementée. (*Rel. persane*). 1.800 fr.

Admirable manuscrit achevé le 12 du mois de Safar de l'an 1021 de l'Hégire (15 avril 1612) par le copiste Véli ibn 'Ali; très belle écriture nestalik. Il est orné de CINQUANTE GRANDES MINIATURES.

Le texte de ce poème est écrit sur

quatre colonnes encadrées de filets en or, bleu et noir, 25 lignes à la page. Les deux premières pages offrent un riche décor d'entrelacs polychromes. Les titres sont écrits en rouge. Ce manuscrit paraît avoir été exécuté dans l'Inde.

1839. FIRDOUSI. Le Châh Nâmeh. In-fol. de 516 ff., mar. noir. (*Rel. anc.*) 2.500 fr.

Beau manuscrit en caractères dits nestalik, écrit par une main persane, daté de 1104 de l'Hégire (1595-1596), orné de DIX-SEPT MINIATURES de dimensions variées.

Aboù'l-Kâsem Hasan Firdoùsi, né à Tous (aujourd'hui Mechhed) vers 940, mourut vers 1020. Son *Châh Nâmeh*, épopée nationale de la Perse dont elle retrace l'histoire depuis la dynastie fabuleuse des Pechdadiens jusqu'à la conquête arabe et à la mort de Yezdeguerd, le dernier roi sassanide, compte 120.000 vers. Il passa une grande partie de sa vie à Gazna, auprès du sultan Mahmoùd Sebouktekin, qui lui avait promis une pièce d'or pour chaque vers de son poème. Cette promesse n'ayant pas été tenue, Firdoùsi composa une satire contre le sultan et, refusant la récompense dérisoire qui lui avait été offerte (une pièce d'argent au lieu d'une pièce d'or), alla mourir, pauvre et dédaigné dans sa ville natale.

Le texte de ce poème est disposé sur quatre colonnes, débutant par un superbe en-tête en or et en couleurs. Chaque page porte un encadrement de filets en or, noir et bleu; titres en or, quelques fois encadré de rouge.

1840. Furetière (Antoine). Poésies diverses du sieur Furetière, seconde édition augmentée et corrigée. *Paris, Th. Joly*, 1664 ; in-12, mar. rouge, fil. à froid, dent. int., tr. dor. (*Duru*). 120 fr.

Livre curieux contenant des satires, vers, libres, stances, madrigaux, épigrammes, épitaphes, énigmes, épîtres, élégies, etc., le tout en vers. A la suite : *Recueil de plusieurs vers, épigrammes et autres pièces qui ont été faites entre Monsieur l'abbé Furetière et Messieurs de l'Académie française. Amsterdam, H. Desbordes*, 1687.

1841. Garnier (Robert). Porcie, Tragedie françoise, représentant la cruelle et sanglante saison des guerres civiles de Rome : propre et convenable pour y voir depeincte la calamité de ce temps. Par R. Garnier, Fertenois. *Paris,*

Robert Estienne, 1568; in-8, mar. bleu, dos orné, fil., tr. dor. (*Trautz-Bauzonnet*). 50 fr.

ÉDITION ORIGINALE. Bel exemplaire avec témoins.

1842. Garnier. (Robert). Hippolyte, tragédie. *Paris, impr. de Robert Estienne*, 1573; in-8, mar. bleu, dos orné, fil., tr. dor. (*Trautz-Bauzonnet*). 60 fr.

ÉDITION ORIGINALE. Exemplaire avec témoins.

Robert Garnier (1534-1590) fut le précurseur de Corneille et le plus grand nom du théâtre français du XVIᵉ siècle.

1843. Garnier (Rob.). Les Tragédies de Robert Garnier, conseiller du Roy, lieutenant général criminel au siège présidal et séneschaussée du Maine. *Rouen. Impr. de Raphaël du Petit Val*, 1599 ; in-12, mar. rouge, dos orné, fil., tr. dor. (*Trautz-Bauzonnet*). 120 fr.

Edition rare renfermant les tragédies de *Porcie, Cornélie, Marc-Antoine, Hippolyte, La Troade, Antigone, Les Juifves* et *Bradamante.* — Contrairement à ce que dit Brunet, les huit pages sont occupées par le *Tombeau de Ronsard*, élégie en vers.

1844. Garnier. Les Tragédies de Robert Garnier, conseiller du roy, Lieutᵗ general criminel au siège présidial et sénéchaussée du Maine. Reveües, augmentées et réimprimées de nouveau. *Saumur, Thomas Portau*, 1602 ; in-12, mar. rouge jans. dent. int., tr. dor. (*David*). 80 fr.

Bel exemplaire.

1845. GAUCHET. Le Plaisir des champs divisé en quatre parties selon les quatre saisons de l'année (par Cl. Gauchet). Où est traicté de la chasse et de tout autre exercice récréatif, honneste et vertueux. A Monseigneur de Joyeuse, admiral de France, etc. *Paris, chez Nicolas Chesneau*, 1583, in-4 de 4 ff. prélimin., 314 pp. chiff. et 4 ff. non chiff. de table, vélin blanc. 900 fr.

Première édition de ce poème, contenant plusieurs passages licencieux, ou relatifs aux malheurs du temps, qui n'ont point été réimprimés.

L'ouvrage se termine par un recueil

de mots, dictions et manières de parler en l'art de vénerie avec une briefve interprétation d'iceux (4 ff.).

RARISSIME.

1846. GESSNER. Œuvres complètes de Gessner, *s. l. n. d. (Paris, Cazin, 1778 - 1782)*, 3 vol. in-18, mar. rouge, 3 rang. de fil. dor., dos orné, dent. int., tr. dor. (*Rel. anc.*)   300 fr.

Très jolie édition ornée de 3 titres-frontispice, 1 portrait et 14 figures par *Marillier*, gravées par *de Gheudt, Delignon, Duflos jeune, de Launay*.

Bel exemplaire en maroquin du temps.

1847. GESSNER Œuvres de Salomon Gessner (traduits en français par Huber, Meister et B. de Loirelle). *Paris, chez l'auteur des estampes, Vve Hérissant et Barois l'ainé* (1786-1793), 3 vol. in-folio, cart. du temps. 2.500 fr.

Superbe livre, orné de 3 titres gravés différents, non signés, 2 frontispices (dont un avec portrait) par *Le Barbier*, gravés par *Ponce* et par *Ingouf* et 72 figures, 4 vignettes et 66 culs-de-lampe par *Le Barbier*, gravés par *Alix, Baquoy, Dambrun, Delignon, Halbou, Trière, Ponce, de Longueil*.

EXEMPLAIRE EN GRAND PAPIER IN-FOLIO. Rarissime en cette condition.

1848. GESSNER. Œuvres de Salomon Gessner. *Paris, Ant. Aug. Renouard*, 1799, 4 vol. in-8; figures, rel. étoffe, *non rognés*.   300 fr.

Très jolie édition illustrée de 50 compositions par *Moreau*, gravées par *Baquoy, Dambrun, Dupréel, Girardet, Lemire*.

Exemplaire sur GRAND PAPIER VÉLIN contenant les épreuves avant la lettre.

1849. Homère. Les XXIIII livres de l'Iliade d'Homère. Traduicts du grec en français. Avec les trois premiers livres de l'Odissée. *Paris. Abel l'Angelier*, 1599; in-12, allongé, mar. bleu, dos orné, fil., tr. dor. (*Capé*).   120 fr.

Bel exemplaire d'une traduction réputée et peu commune. Les XI premiers livres de l'Iliade ont été traduits par Hugues Salel, abbé de Saint-Chéron, et les XIII derniers par Amadis Jamyn. les XXIII revus et corrigés par le même.

1850. JAMYN (Amadis). Les Œuvres poétiques d'Amadis Jamyn :

Reveues, corrigées et augmentées. Au roy de France et de Pologne. *Paris, Robert le Mangnier*, 1577; pet. in-12 de 4 ff. prél., 308 ff. chiff. et 10 ff. non chiff. pr. la table, velin à recouv., fil., fleurons et milieux dorés avec fers azurés, dos orné. (*Rel. anc.*)   750 fr.

SECONDE ÉDITION, FORT RARE. Exemplaire dans une élégante reliure à fers azurés du temps.

1551. JARDIN a- | moureulx. (Le) Contenant toutes les reigles | damours. Auecques plusieurs lettres mis- | siues tant de Lamant comme de Lamye. | Faict et composé par Maistre Christofle | de Barrouso. *On les vend à Paris en la rue neufue | nostre dame a lêseigne de lescu de France* — [A la fin :] *Cy fine le iardin | amoureulx... Nouuellement imprime a | Paris par Alain Lotrian demourât en la | rue neufue Nostre Dame a lenseigne de | lescu de France. S. d.* [vers 1530]; pet. in-8 de 4 ff. non chiffr. de 26 lignes à la page, sign. *A-F*, caract. goth., grav. sur bois au titre et au verso du dernier feuillet, mar. rouge, fil., dent., losanges de feuillages, semis de marguerites, de tulipes et de pensées couvrant le dos et les plats du volume, dorure à petits fers, dent. int., tr. dor. (*Trautz-Bauzonnet*).   2.000 fr.

Ouvrage en vers et en prose, recouvert d'une charmante reliure.

Provient de la bibliothèque de J.-CH. BRUNET.

1852. JODELLE (Estienne). Les Œuvres et meslanges poëtiques d'Etienne Jodelle, sieur du Lymodin. Premier volume. *A Paris, chez Nicolas Chesneau et Mabert Patisson*, 1574, in-4, de 8 ff. lim. 308 ff. chiff. et 2 ff. pour ce qui est à corriger et pour la table, mar. rouge, dos orné, fil., dent. intér., tr. dor. (*Thibaron*).   350 fr.

Les ff. lim. se composent du titre, du discours de la Poésie françoise et des œuvres d'Estienne Jodelle, par Charles de la Mothe, 6 ff. et de l'extrait du privilège 1 f.

Cette édition a été donnée après la mort de Jodelle par ses amis, Charles de La Mothe, Charles d'Espinay, Philippe de Boulainvilliers, Henry Simon et le sieur de Brunel. Charles de la Mothe donne ce détails dans son discours; les Œuvres de Jodelle devaient, selon lui, former 5 ou 6 volumes, le tome 1er seul parût.

Les ff. 290 v° à 305 v° sont occupés par une Ode de la Chasse, au Roy (Charles XI).

Ce fut l'originalité de Jodelle de tenter de substituer aux Mystères, aux Sotties et aux Moralités, qui avaient composé jusque-là tout le théâtre français, des pièces construites sur le modèle des tragédies grecques et des comédies latines, telles que *Didon* et *Cléopâtre*. Ses *sonnets*, *odes*, *amours* attestent la rénovation poétique de ce temps dont il fut l'un des chefs avec Ronsard et du Bellay.

1853. **Jodelle.** Les Œuvres et Meslanges poetiques d'Estienne Jodelle, sieur du Lymodin. Reueuës et augmentes en ceste dernière édition. *Lyon, B. Rigaud*, 1597; in-12, veau fauve, dos orné et au pointillé. (*Rel. anc.*)   100 fr.

Edition fort rare.

Exemplaire du marquis de Bouzot avec son nom en lettres d'or, entouré d'une guirlande, sur les plats. Mouillures.

1854. **LA FONTAINE.** Contes et Nouvelles en vers de M. de La Fontaine. *A Paris, chez Louys Billaine, dans la grand'salle du Palais au second Pillier, à la Palme et au Grand César,* 1669; in-12 de 6 ff. et 249 pp., mar. citron, dos orné, fil., tr. dor. (*Trautz-Bauzonnet*).   500 fr.

Troisième édition dans laquelle on trouve trois nouveaux contes. Les ff. préliminaires se composent du titre de la Préface et de la Table.

A la fin de la *Servante justifiée* (p. 116) se trouvent deux vers en fausse rime qui ne sont pas de La Fontaine. Ch. Nodier, qui a été un des premiers à le signaler, les a attribués au caprice d'un compositeur.

Superbe exemplaire très grand de marge, dans une excellente reliure. Provient de la Collection de M. E. Quentin-Bauchart. (*Mes livres* n° 68).

1855. **La Fontaine.** Nouveaux Contes de Monsieur de La Fon-

taine. *A Mons, chez Gaspar Migeon,* 1675; in-12 de 1 f. prél. et 163 pp., mar. rouge, dos orné, fil., dent. int. (*Capé*).   150 fr.

Réimpression de l'édition originale de la quatrième partie des Contes. Rare.

1856. **La Fontaine.** Poëme du Quinquina et autres ouvrages en vers de M. de La Fontaine. *Paris, Denys Thierry et Claude Barbin,* 1682, in-12 de 2 ff. prél. et 242 pp., mar. bleu, tr. dor. (*Trautz-Bauzonnet,* 1851).   80 fr.

Edition originale de ce recueil qui contient également *La Matrone d'Ephèse*, *Belphégor* et les deux opéras *Galatée* et *Daphné*.

1857. **LA FONTAINE.** Contes et Nouvelles en vers par M. de La Fontaine. *Amsterdam (Paris),* 1762; 2 vol. in-8, port. et fig., mar. rouge, dos orn., fil., et fleurons d'angles tr. dor. (*Derôme*).   1 800 fr.

Edition dite des Fermiers généraux, illustrée des portraits de La Fontaine, d'après *Rigaud*, gravé par *Ficquet*, d'Eisen, d'après *Vispré*, gravé par *Ficquet* et de Choffard en culs-de-lampe fait par lui-même; 80 figures par *Eisen*, gravées par *Aliamet, Bacquoy, Choffard, Delafosse, Flipart, Lemire, Leveau, de Longueil* et *Ouvrier*; de 4 vignettes, dont 2 grandes, et de 53 culs-de-lampe par *Choffard*.

Bon exemplaire contenant les figures du *Diable de Papefiguière* et du *Cas de Conscience* en épreuves découvertes.

1858. **LA FONTAINE.** Contes et nouvelles en vers, par Jean de La Fontaine. *A Paris, de l'imprimerie de P. Didot l'aîné, l'an III de la République,* 1795, 2 vol. in-4, fig., dos et coins, mar. grenat, fil., dos orné.   1.200 fr.

Livre magnifique, orné de 20 jolies compositions de *Fragonard, Mallet* et *Touzé*.

Très bel exemplaire en papier vélin, contenant les figures en très bonnes épreuves.

1859. **LA FONTAINE.** Fables choisies, mises en vers par J. de La Fontaine. *Paris, Desaint et Saillant,* 1755-1759 ; 4 vol. in-fol. mar. rouge, très larges dentelles sur les plats, formées de guirlandes, fleurs et pots de fleurs, dent. int., tr. dor. (*Rel. anc.*)   8.500 fr.

Frontispice par *Oudry*, terminé par *Dupuis* et gravé par *Cochin*, 1 portrait d'Oudry d'après *Largillière*, gravé par *Tardieu* et 275 figures par *Oudry* gravées par *Aubert, Aveline, Bacquoy, Beauvais, Chedel, Cochin, Fessard*, etc.

Magnifique exemplaire en grand papier. Très rare en cet état. Relié par Chenu, relieur de Mesdames de France; on lit sa signature frappée en lettres d'or sur les plats.

1860. **La Fontaine.** de Valenciennes De la Transformation métallique, trois anciens tractez en rithme françoise a sçavoir, !a fontaine des amoureux de science auth. J. de la Fontaine (de Valenciennes); les remonstrances de nature par J. de Meung; le sommaire philosophique de N. Flamel. *Paris, G. Guillard et A. Warancore*, 1561 ; pet. in-8, veau fauve, dos orné, dent. (*Rel. anc.*)   6c fr.

Edition, imprimée en caractères italiques, de ces trois traités poétiques de l'hermétique. Rare. C'est un très curieux recueil, en vers, de science occulte.

1861. **Le Jolle** (Pierre). Description de la ville d'Amsterdam. en vers burlesques, selon la visite de six jours d'une semaine. *Amsterdam, Jacques le Curieux*, 1666 ; pet. in-12, front., mar. La Vallière jans., dent. int., tr. dor.   70 fr.

Ce volume s'annexe à la collection des Elzéviers (Willems, les *Elzéviers*, n° 1756). Livre fort recherché, contenant un joli et curieux frontispice : *la Semaine burlesque d'Amsterdam*.

1862. **LE JOLLE.** Description de la ville d'Amsterdam, en vers burlesques. Selon la visite de six jours d'une semaine. Par Pierre le Jolle. *A Amsterdam, chés Jacques le Curieux*, 1666 ; pet. in-12, front., mar. orange, dos orné, fil., *non rogné*. (*Trautz-Bauzonnet*).   250 fr.

L'auteur de cet amusant poëme naquit à Dieppe en 1630 : il appartenait à la religion réformée et dut s'expatrier à

Amsterdam, où il composa et fit imprimer ce volume qui s'annexe à la collection elzévirienne (Willems, n° 1756). Haut. : 142 mill.

Très rare, non rogné.

1863. **Le Laboureur** (Louis). Charlemagne, poëme héroïque. A son Altesse sérénissime Monseigneur le Prince. *Paris, Louys Billaine*, 1666 ; pet. in-8, de 24 ff. prél. et 196 pp., frontispice, mar. rouge, dent. int., tr. dor. (*Trautz-Bauzonnet*).   100 fr.

Bel exemplaire, réglé, de ce poëme rare.

1864. **Le Moyne** (Père). Les Œuvres poétiques. *Paris, Louis Billaine*, 1671 ; in-fol., veau fauve, dos orn., fil.   40 fr.

Edition originale, ornée d'un très beau frontispice de *Mignard*, gravé par *Scotin*, du portrait de l'auteur par *Ph. de Champagne* gravé par *F. Poilly*, de figures et vignettes non signées. (Quelques feuillets sont remmargés et raccommodés).

1865. **LOCHER** (J.). Libri Philomusi, Panegyrici ad regë Tragedia de Thurcis et Suldano Dyalog' de heresiarchis. (In fine :) *Actum Argentine per Johannem Gruninger*, 1497; pet. in-4, de 62 ff. non chiff., fig. sur bois, rel. vélin blanc, tr. dor. (*Gruel*).   400 fr.

Ce recueil des œuvres de Locher, poète lauréat de l'empereur Maximilien, est très rare et recherché pour la *Tragœdia de Turcis*, qu'il contient; cette pièce bizarre est divisée en 5 actes, et écrite partie en prose, partie en vers, avec chœurs.

Au verso du titre on voit le portrait de l'auteur : *Imago poetae laureati*, ce feuillet manque souvent.

Livre précieux orné de 20 figures sur bois.

1866. **Lomazzo.** Rime de Gio. Paolo Lomazzi Milanese pittore, divise in sette libri. *Milano, Gottardo Pontio*, 1587; in-4, mar. rouge, dos orn., fil., dent. int., tr. dor. (*Derôme*).   70 fr.

Recueil des poésies de Jean-Paul Lomazzo, illustre peintre et poète italien du XVIe siècle. On trouve, dans ces rimes des faits précieux pour l'histoire de la peinture italienne et dans les « Grotesques », en particulier, des documents sur ses propres peintures.

Exemplaire très frais, orné de son portrait répété dans les sept livres des Poëmes.

1867. **LORRIS** (Guillaume de) et **MEUNG** (Jean de). Sensuyt le rõmat de la rose aultremêt dit le Sõge Vergier. A la fin :) Cy finist le Romant de la Rose *imprimé à Paris par Jehan Jhannot imprimeur et libraire juré demourant à lymaige sainct Jehan Baptiste en la rue neufve nostre dame pres sainct Geneviesve des ardans,* s. d. (vers 1520) ; pet. in-4, goth. de 138 ff. à 2 col. (avec le chiffre XXIX sur le titre) de 41 lignes, mar. rouge, fil. dor. sur les plats, dos entièrement orné de feuillages et fleurs dor. sur les plats, dent. int., tr. dor. (*Pasdeloup*). 1.200 fr.

Livre orné d'une superbe figure sur bois sur le titre (recto et verso), qui représente deux amoureux tenant la rose, dans un verger, auprès d'un château et de trois autres plus petits dont une répétée deux fois : *l'auteur écrivant son livre.*

EDITION TRÈS RARE, dans une bonne reliure de *Pasdeloup*, avec dos à la grotesque.

1868. **LORRIS** (Guillaume de) et **MEUNG** (Jean de) Le Roman de la Rose, revu sur plusieurs éditions et sur quelques anciens manuscrits. Accompagné d'une préface historique, de notes et d'un glossaire. *Paris, Vve Pissot,* 1735; 4 vol., dont le supplément, in-12, mar. vert clair, 3 rangées de fil. et rosacés, dos orné de fil. et rosaces, dent., tr. dor. (*Derôme*). 500 fr.

Edition très recherchée du Roman de la Rose. Le 4e vol. est rarissime. C'est un supplément au glossaire contenant des notes et dissertations sur les auteurs, une analyse du poëme, les variantes restituées et une table très complète. *Dijon, Sirot,* 1737.

Exemplaire remarquable de fraîcheur dans une excellente reliure de Derome.

1869. **LYRE DU JEUNE APOL-LON** (La), ou la Muse naissante du petit de Beauchasteau (François - Mathieu Chastelet).

Paris, Ch. de Sercy, 1657 ; 2 parties en 1 vol. in-4, front. et portr., mar. rouge, dos et plats entièrement couverts de riches comp. à petits fers et au pointillé, tr. dor. (*Rel. anc.*) 1.000 fr.

EDITION ORIGINALE de ce curieux recueil de poésies d'un enfant de 12 ans, de talent précoce. Elle est ornée de 26 portraits des plus remarquables personnages du XVIIe siècle à qui le jeune auteur a adressé ses vers, précédés de son propre portrait.

Ce qui constitue surtout l'intérêt de ce volume, c'est le recueil de poèmes intitulé : *Approbations des Muses,* auquel ont pris part nombre de poètes du XVIIe siècle.

EXEMPLAIRE RÉGLÉ, RECOUVERT D'UNE RICHE RELIURE DE L'ÉPOQUE, GENRE LE GASCON.

1870. **MALHERBE**. Les Œuvres de Mre François de Malherbe, gentilhomme ordinaire de la chambre du Roy. Seconde édition. *Paris, Ch. Chappellain,* 1631 ; in-4, mar. rouge, dos orné, compart. de fil. avec orn. aux angles, armoiries au centre, dent. int., tr. dor. (*Rel. anc.*) 750 fr.

Bel exemplaire réglé, aux armes de GASPARD DE COLIGNY, Maréchal de France, fils de François de Coligny et de Marguerite d'Ailly, né le 26 Juillet 1584, décédé le 4 janvier 1646.

1871. **Malherbe**. Poésies de Malherbe, rangées par ordre chronologique, avec un discours sur les obligations que la langue et la poésie françoise ont à Malherbe, et quelques remarques historiques et critiques (par Le Fèvre de Saint-Marc). *Paris, Jos. Barbou,* 1757 ; in-8, portr., mar. rouge, dos orné, fil., dent., int., tête dor., *non rogné.* (*Trautz-Bauzonnet*). 200 fr.

Très bel exemplaire relié sur brochure, en grand papier, avec un beau portrait de l'auteur gravé par *Fessart* d'après *Dumoustier* et un fleuron gravé par *Duflos.*

1872. **MAROT** (Clément). LES ŒUVRES de Clément Marot, de Cahors en Quercy. *A Lyon, pour Jean Gauthier,* 1597 ; in-18, réglé, mar. noir, doubl. de mar.

rouge, dos orné, fil., dent. int., tr. dor. (*Rel. anc.*)   500 fr.

Edition imprimée en lettres italiques. Exemplaire réglé. Admirable reliure de *Boyet*, doublée.

1873. **Marot** (Clément). Les Œuvres de Clément Marot, de Cahors en Quercy, valet de chambre du Roy. Reveues et corrigés de nouveau. *Rouen, Raphaël du Petit Val*, 1607 ; pet. in-12, mar. vert, dos orné, fil., tr. dor. (*Trautz-Bauzonnet*).   100 fr.

Belle édition imprimée en lettres italiques, dans une jolie reliure.

1874. **MAROT** (Clément). Ses œuvres. Reveues et augmentées de nouveau. *La Haye, Ad. Moetjens*, 1700 ; 2 vol. in-12, mar. vert, dos orné, fil., tr. dor. (*Rel. anc.*)   250 fr.

Exemplaire de la bonne édition sous cette date, qui se joint aux livres de la collection elzévirienne.

Bel exemplaire, relié par *Derôme*, avec son étiquette.

1875. **MAROT** (Clément). Les Œuvres de Clément Marot, de Cahors, valet de chambre du Roy. Reveues et augmentées de nouveau. *A La Haye, chez Adrian Moetjens*, 1700 ; 2 vol. pet. in-12, mar. vert, 3 rang. de fil. dor. et rosaces, dos ornés et mosaïqués de pièces de mar. rouge, dent. int., tr. dor. (*Derôme*).   600 fr.

Bel exemplaire de la bonne édition sous cette date aux armes de MÉRARD DE SAINT-JUST, PROVENANCE RARE.

1876. **Marot** (Jean). Les Œuvres de Jean Marot. Nouvelle édition. *Paris, Ant. Urb. Coustelier*, 1723 ; in-12, mar. rouge, 3 rang. de fil. dor et rosaces, dos orné, dent. int. tr. dor. (*Rel. anc.*)   120 fr.

Jolie édition des poésies de *Jean Marot*, père du célèbre Clément Marot. Il était secrétaire et poète de la reine Anne de Bretagne. Ce recueil contient les poèmes fameux des *Voyages de Gênes et de Venise*, du *roy Louis XII* et l'*Advocate des dames et princesses*.

A la suite se trouvent les Poésies de Michel Marot, fils de Clément.

1877. **Martial** de Paris. Les Poésies de Martial de Paris, dits d'Auvergne, procureur au Parlement. *Paris, Ant. Urb. Coustelier*, 1724, 2 vol. in-12, mar. rouge, 3 rang. de fil. dor et rosaces, dos orné, dent. int., tr. dor. (*Rel. anc.*)   200 fr.

Jolie édition, très recherchée des *Vigiles de Charles VII*. Le titre de ces poèmes est emprunté à la liturgie et à la forme, alors populaire, de la poésie sacrée. Ce sont les Vigiles des Morts chantées par le poète, non plus en langue d'église mais en vers français. Le succès fut considérable à l'époque. Les Vigiles furent chantées par le peuple et jusqu'au fond même des campagnes, au témoignage de Benoit le Court.

1878. **Matthieu** (Pierre). Clytemnestre, tragédie de P. Matthieu docteur ès droits. De la vengeance des injures perdurable à la postérité des offencez et des malheureuses fins à la volupté. A très illustre et généreux prince Henry de Savoye, marquis de S. Sorlin. *Lyon, Benoit Rigaud*, 1589; pet. in-12, de 6 ff. prél. et 76 pp., mar. bleu, fil. à froid, tr. dor. (*Capé*).   60 fr.

Exemplaire de YÉMÉNIZ, dédié à Henry de Savoye, marquis de Sorlin. Haut. : 129 mill.

1879. **MÉTASTASE**. Poesie del signore abate Pietro Metastasio. *Parigi, Presso la Vedova Quillau*, 1755-1783; 12 vol. in-8, front., portr. et vign., mar. rouge, dos orné, fil., tr. dor. (*Rel. anc.*)   400 fr.

Belle édition ornée d'un charmant frontispice contenant le portrait de Métastase en médaillon par *Eisen*, gravé par *Sornique*, d'une vignette en-tête d'après *Cochin*, et de 12 jolis frontispices dont plusieurs se trouvent répétés.

Bel exemplaire dans une bonne reliure ancienne.

1880. **MEUNG** (Jean de). Le plaisant jeu du Dodechedron de fortune, non moins récréatif que subtil et ingénieux. *Paris, Vincent Sertenas, en la rue neuve nostre Dame, à l'enseigne S. Jean l'Evangéliste et en sa boutique au Palais, en la gallerie par ou on va à la chancellerie*,

1560 ; pet. in-4, mar. vert, fil. dor., dos plat orné, dent. int., tr. dor. (*Derôme*). 400 fr.

Ouvrage singulier, en vers, orné d'un très beau titre, de 12 bordures grav. sur bois et de deux grandes planches ou bizarres tableaux astrologiques.

SECONDE ÉDITION, RARE, portant la mention « Renouvellé et changé de sa première édition ».

Exemplaire aux armes de LA FAURIE DE MONTBADON sur le dos.

1881. **MOLINET** (Jean). LES FAICTZ ET DICTZ de feu de bonne memoire Maistre Jehan Molinet, contenant plusieurs beaulx traictes, oraisons et champs royaulx. *On les vend à Paris en la rue Sainct Jacques à l'enseigne de la fleur de lys,* 1540 ; pet. in-8, lettres rondes, mar. rouge, dos orné, fil. à froid, milieux et coins dorés, tr. dor. (*Trautz-Bauzonnet*). 500 fr.

L'adresse portée au titre est celle de *Jehan Petit.* Brunet ne cite cette édition qu'avec l'adresse de *Denys Janot* et cependant le présent exemplaire provient de sa collection.

Très bel exemplaire.

Chanoine de Valenciennes puis historiographe de Charles Le Téméraire, Jean Molinet mourut bibliothécaire de Marie de Bourgogne. Il est l'un des principaux disciples de Chastellain son prédécesseur dans la charge d'historiographe de Bourgogne et l'un des plus notables représentants de l'école dite des « rhétoriqueurs ». Ses faicts et dits sont de curieuses poésies se rapportant à l'histoire de la Maison de Bourgogne ; ce sont des satires et des allégories ingénieuses.

1882. **MONTENAY** (Georgette de). Emblemes, ou devises chrestiennes, composées par demoiselle Georgette de Montenay. *Lyon, Jean Marcorelle,* 1571 : in-4, mar. brun, milieux ornés de feuillage, dos orné de guirlandes, dent. int., tr. dor. (*Trautz-Bauzonnet*). 500 fr.

ÉDITION ORIGINALE de ce livre rare renfermant cent emblèmes gravés par *Woeiriot.*

Exemplaire contenant une belle épreuve du portrait de Georgette de Montenay qui manque presque toujours.

Ce recueil est dédié à Jeane d'Albret, reine de Navarre, dont l'auteur était la

protégée. Chaque emblème est expliqué par quatre vers latins et huit français.

1883. **Murs** (Les) de Troye, ou l'origine du burlesque (par Charles Perrault, Claude Perrault et leur ami Beaurain). *Paris, Louis Chamhoudry,* 1653 ; in-4 de 16 ff. lim. et 54 pp. chiff., mar. rouge, dos orn., fil., tr. dor. (*Rel. anc.*) 100 fr.

Ce livre est dédié « *A la Jatte de M. Scarron* » (Madame de Maintenon).

Il n'y a que le premier chant d'imprimé, le second, resté manuscrit est à la bibliothèque de l'Arsenal.

1884. **Muse** (la) chrestienne, ou Recueil des poésies chrestienne tirées des principaux poètes français. Avec un discours de l'influence des astres, du destin ou fatalité, de l'interprétation des fables et pluralité des dieux introduits par les poètes, contenu en l'avant-propos de l'auteur de ce recueil. *Paris, Gervais Malot,* 1582; in-12, mar. rouge jans., tr. dor. (*Thibaron-Joly*). 70 fr.

L'éditeur dit qu'il a tiré ces poésies des 6 premiers et plus excellents poètes que la France ait encore portés, qui sont Ronsard, du Bellay, Jodelle, Baïf, Remy Belleau et Desportes.

Bel exemplaire.

1885. **MYSTÈRES DES ACTES DES APOTRES.** Le premier [et le second] volume des catholiques œuvres et actes des Apostres, redigez en escript par saint Luc, et les demonstrances des figures de l'Apocalypse. Le tout veu et corrigé bien et deument selon la vraye verite (par Arnoul et Symon de Greban). — L'Apocalypse saint Jehan Zébedée. Ensemble les cruautés de Domicien Cesar (par Louis Choquet). *Paris, Arnoul et Charles les Angeliers,* 1541 ; 3 tomes en un vol. petit in-fol., goth. à 2 col., fig. sur bois, mar. bleu, dos orné, comp. de fil., tr. dor. (*Kœhler*). 500 fr.

Cette édition, très rare, renferme l'Apocalypse qui ne se trouve pas dans les précédentes. Elle est la plus recherchée de ce mystère.

1886. Ollonix du Mont-Sacré. Œuvre de la chasteté qui se remarque par les diverses fortunes, adventures et fidelles amours de Criniton et Lydie. Livre premier. Ensemble la tragédie de Cléopâtre, le tout de l'invention d'Ollonix de Mont-Sacré (Nicolas de Montreux), gentilhomme du Mayne. *Paris, Guill. des Rues* 1595 ; in-12, mar. Lavallière, dos orné, fil., tr. dor. 70 fr.

Bel exemplaire de cette première partie : la seconde a paru sous le titre de « Les Chastes et délectables jardins d'amour. Paris, 1599 »

Ollonix est le pseudonyme de Nicolas de Montreux. Ses ouvrages sont très recherchés, Ligueur, il fut emprisonné, ses biens confisqués et fut réduit à devenir domestique de la duchesse de Mercœur.

1887. D'ORMOY (Mlle). Bergeries et opuscules de Mlle d'Ormoy l'aînée. *En Arcadie et se trouve à Paris, chez Lamy,* 1784; in-16, de IV-172 pp. cartonn., demi-rel. veau brun. (*Rel. anc.*) 700 fr.

Ce livre, rare, est orné d'un joli frontispice, contenant le portrait de la Reine, des lyres, ornements et bergeries diverses; on y lit : « Opuscules de Mlle d'Ormoy.

Aux travaux de l'esprit par le goût exceptée,
Elle est chère à Minerve et plus chère à l'Amour
Les grâces, les Neufs sœurs l'inspirent tour à tour,
Anette écrit sous leur dictée.

L'Editeur.

Au-dessus : *Et moi je fus aussi bergère dans l'Arcadie.*

Exemplaire de la REINE MARIE-ANTOINETTE, avec ses armes sur chaque plat du vol.; c'était son livre de boudoir, à Trianon.

1888. OVIDE. Les XXI Epistres d'Ovide, translatées de latin en françoys par R. P. en dieu Mgr l'Evesque d'Angoulesme (Octavien de Saint-Gelais). Nouvellement revues et corrigées oultre les premières impressions. *Nouvellement imprimées à Paris, par Guillaume de Bossozé,* 1533; pet. in-8, mar. rouge, dos orné, fil., tr. dor. (*Hardy-Mennil*). 250 fr.

Volume rare, orné de jolies petites figures sur bois, comprenant un titre, 135 ff. chiffr. et 16 ff. non chiffr. pour quatre Epistres ajoutées.

Bel exemplaire.

1889. OVIDE. Les XXI épitres d'Ovide. Les dix premières sont traduites par Charles Fontaine, Parisien, le reste est par lui revu et augmenté de préfaces. — Les amours de Mars et Vénus, et de Pluton vers Proserpine, imitacion d'Homère et d'Ovide (trad. par Joachim Du Bellay). *A Lion, par Jan de Tournes et Guil Gazeau,* 1556 ; in-16, fig. sur bois, mar. rouge, dos orné à froid, comp. de fil. et dent. à froid sur les plats, tr. dor. (*Chambolle-Duru*). 250 fr.

Toutes ces traductions sont en vers. Celles des épitres qui n'appartiennent pas à Ch. Fontaine sont d'Octave de Saint-Gelais, à l'exception des 17e et 18e qui sont du seigneur de Saint-Romat.

Rare et curieux petit livre, orné de jolies figures sur bois, dans une belle et fraiche reliure.

1890. Ovide bouffon (L'), ou les métamorphoses travesties en vers burlesques, par L. Richer). *Paris, Loyson,* 1662 ; in-12, mar. rouge, doubl. de tabis vert, dos orn., dent. tr. dor. (*Rel. anc.*) 70 fr.

Aux armes de Paulin *Prondre de Guermante*, Président de la chambre des comptes.

1891. Paradin (Claude). Devises héroïques, par M. Claude Paradin, chanoine de Beaujeu. *A Lion, par Jean de Tournes et Guill. Gazeau,* 1557 ; in-8, titré avec encadrement, fig., sur bois, mar. brun, milieux dorés, tr. dor. (*Thibaron-Joly*). 200 fr.

PREMIÈRE ÉDITION, ornée de 182 emblèmes gravés sur bois et d'un encadrement de titre composé de suites grotesques rappelant les Songes drôlatiques de Pantagruel. La plupart des devises commentées dans cet ouvrage sont celles des principaux personnages du XVIe siècle. Bel exemplaire.

1892. Pasquier (Estienne). La Main, ou Œuvres poétiques faits sur la main de Estienne Pasquier. *Paris, Michel Gadouleau, à l'enseigne de la Corne de Cerf,* 1584 ; in-4 de 12 ff. prél. et 44 ff. chiff., mar. rouge, jans., tr. dor. (*Trautz-Bauzonnet*). 150 fr.

Ce recueil intitulé facétieusement « La Main » contient des poésies latines et françaises fort curieuses par quelques révélations sur les gaillardises de jeunesse du célèbre jurisconsulte.

Bel exemplaire grand de marge. Jolie marque de l'imprimeur sur le titre.

1893. PASSERAT (Jean). Passareti (Joannis), cloquentiæ professoris, et interpretis regii, Kalendæ Januariæ. *Lutetiæ, Mamertus Patissonus,* 1597; in-4, vélin, filets et cartouches à feuillages, dorés sur les plats, dos orné, tr. dor. (*Rel. anc.*)   300 fr.

Exemplaire grand de marge, réglé, dans une jolie reliure de la plus grande fraîcheur, *auquel on a joint un portrait de l'auteur gravé par Th. de Leu et un poème latin de l'auteur, en deux feuillets imprimés, sur le mariage d'Henri IV et de Marie de Médicis; fortes piqûres de vers.*
EDITION ORIGINALE.

1894. Passerat (Jean). Le Premier Livre des poèmes de Jean Passerat, reveus et augmentez par l'autheur en cette dernière édition. *A Paris, par la veufve Mamert Patisson,* 1602 ; 3 parties en un vol. in-8, portr., mar. brun, milieu doré, dent. int., tr. dor. (*Capé*).   120 fr.

Les *Poèmes* : 2 ff. non chiff. pour le titre avec privilège au verso, et l'index; 1 portrait de Passerat gravé par *Thomas de Leu*, remargé ; 44 ff. chiffrés. — Les *Kalendæ januariæ* : 2 ff. non chiff. pour le titre et la dédicace; 77 ff. non chiffrés pour l'index avec le privilège au verso du dernier feuillet. On y a joint le feuillet 67 de l'édition in-4 de 1597, contenant deux pièces de vers qui n'ont pas été reproduites ici.
Exemplaire grand de marge

1895. Passerat (Jean). Recueil des Œuvres poétiques de Jean Passerat, lecteur et interprète du Roy. Augmenté de plus de la moitié, outre les précédentes impressions. *Paris, Abel Langelier,* 1606. — Joannis Passeratii Kalendæ Januariæ et varia quædam poëmatia. *Parisis, apud Abel Angelerium* 1606. Ens. 2 tomes en un vol. pet. in-8, veau fauve, dos orné, fil. (*Rel. anc.*)   125 fr.

Bel exemplaire, dédié au duc de Sully, marquis de Rosny.

Ami des poètes de la Pléiade, et célébré par eux, Jean Passerat eut le goût de ne pas les imiter, et se créa une originalité en écrivant des vers spirituels et élégants.

Il collabora activement à la Satyre Ménippée, la plupart des vers sont de lui.

1896. Passerat (Jean). Kalendæ Januariæ et varia quaedam poematia. *Lutetiae, apud viduam Mamerti Patissonii,* 1603. — Le Premier livre des poëmes de J. Passerat, revu et augmenté par l'auteur en ceste dernière édition. *Paris, Vve de Mamert Patisson,* 1602 ; 2 tom. en 1 vol. in-8, vélin. (*Rel. anc.*)   30 fr.

Bonne édition recherchée de ce célèbre poète, favori de Charles IX et d'Henri III.

1897. Pathelin. La Farce de maistre Pierre Pathelin, avec son testament à quatre personnages. *Paris, Ant. Urb. Coustelier,* 1723, in-12, mar. rouge, 3 rang. de fil. dor. et rosaces, dos orné, dent. int., tr. dor. (*Rel. anc.*) 100 fr.

Charmante édition, rare et recherchée.

1898. PÉTRARQUE. Messire Frãçois Petrarque des remedes de lune et lautre fortune : prospere et adverse : nouvellement imprimé à Paris. (A la fin :) *Cy finist le livre de François Pétrarque poète florentin des remedes... Nouvellemẽt trãslate de latin en frãçois. Imprimé à Paris,* 1534 ; in-fol. goth., figures sur bois, veau brun, dos orné. (*Rel. anc.*)   1.000 fr.

EDITION TRÈS RARE de Pétrarque, en français, publiée par Denis Janot. Elle est imprimée sur 2 colonnes en beaux caractères gothiques, les alinéas du texte sont formés de fleurons et de fleurs de lys. Elle contient six grande compositions sur bois d'après Vérard, dont un titre, en rouge et noir, historié, représentant une série de sujets galants et amoureux. On y lit le nom de Denis Janot et plusieurs devises dans les bordures.
Les CINQ autres grandes compositions sont à toute page, l'une d'elles représente une curieuse scène de jeux de paume. Partout de somptueux costumes et décors.

1899. Pétrarque. Il Petrarqua. *Lione, G. de Tournes,* 1547 ; in-

12, mar. rouge, fil. à froid, dent. int., tr. dor. (*Lortic*).   50 fr.

Bel exemplaire de cette jolie édition cursive dont le titre est orné d'un médaillon contenant le portrait de Pétrarque et de Laure.

1900. PÉTRARQUE. Sonetti, Canzoni, Triomphi di M. Francesco Petraca, con la spositione di Bernardino Daniello da lucca. *In Vinegia*, 1549, in-4 ; mar. rouge, plats couverts de comp. de fil. dor. et bandes mosaïq. droits et coubes et d'arabesques dor., milieux ornés. (*Rel. vénitienne du XVIe s.*).   1.200 fr.

Très belle impression recherchée pour sa correction et la pureté du texte, en caractères italiques. Le titre est orné d'un frontispice à toute page avec les portraits de Pétrarque et Laure (les pp. 86 et 87 sont endommagées).

Curieuse reliure très ornementée. Les milieux des plats portent, l'un, le Lion de Venise, frappé en or, et l'autre, un médaillon mosaïqué. (Elle est un peu fatiguée).

1901. Pétrarque. Le Pétrarque en rime françoise avec ses commentaires, traduict par Philippe de Maldeghem, seigneur de Leyschot. *Douay, Fr. Fary*, 1606; pet. in-8, de près de 600 pp., veau marb., dos orné à petits fers et au pointillé. (*Rel. anc.*) 150 fr.

Traduction rare, en vers françois, accompagnées de commentaires historiques et littéraires.

Ce livre est orné d'un joli portrait de Pétrarque sur le titre et de ceux de Pétrarque et Laure, en tête de la biographie du poète.

1902. Phèdre. Les Fables de Phèdre, traduites en françois, augmentées de huit fables qui ne sont pas dans les éditions précédentes, expliquées d'une manière très facile, avec des remarques (par l'abbé René Prévost). *Paris, Coignard*, 1702, in-12, texte latin et traduction française en regard, v. f. dos orné à petits fers, fil tr. r.   150 fr.

Exemplaire aux armes du comte d'HOYM.

1903. Phèdre. Fables de Phèdre, affranchi d'Auguste, traduites en

français, avec le texte à côté, et ornées de gravures. *Paris, P. Didot*, 1806, 2 vol. in-18, papier vélin figures, dos et coins mar. gren., non rognés. (*Rel. du temps*).   100 fr.

Très jolie édition, ornée de 1 portrait de Madame Fanny de Beauharnais (à qui le livre est dédié) par *Lefèvre*, grav. par *Moitey*, 1 titre gravé, 1 frontispice et 51 figures par *Simon* et *Coiny*, gravés par *Moithey*.

1904. PIRON. ŒUVRES COMPLÈTESS d'Alexis Piron, publiées par M. Rigoley de Juvigny. *Paris, Lambert*, 1776 ; 7 vol. in-8, mar. rouge, 3 rangées de fil. sur les plats, dos couvert de fleurons et d'ornements courbes, dent. int., tr. dor. (*Rel. anc.*)   500 fr.

Jolie édition, orné d'un portrait de l'auteur dessiné et gravé par *A. de Saint-Aubin.*

Très bel exemplaire dans une reliure ancienne de toute fraicheur et dans un état complet de conservation.

1905. Poésies provençales des XVIe et XVIIe siècles, publiées d'après les éditions originales et les manuscrits. *Marseille, impr. des Hoirs Feissat aîné et Demouchy ; Paris, J. Techener;* 2 vol. in-12, mar. rouge, jans., dent. int., tr. dor. (*Allô*).   50 fr.

Bel exemplaire d'un livre intéressant et rare, car il n'a été tiré qu'à 100 exemplaires sur papier de Hollande. On est redevable de cet excellent ouvrage à M. Anselme Mortreuil, avocat à Marseille, qui, dans une préface aussi bien écrite que documentée, nous fait connaitre et apprécier le poëte Claude Brueys, d'Aix. Son *Jardin deys provensalos*, écrit avec verve et originalité, lui méritera toujours d'occuper un des premiers rangs parmi les poëtes provençaux.

1906. Poésies des XVe et XVIe siècles publiées d'après des éditions gothiques et des manuscrits.. *Paris, Silvestre*, 1830-1832; in-8, demi-rel. dos et coins de mar. rouge, dos orné, *non rogné*. (*Morcau*).   50 fr.

Recueil de 15 pièces tiré à 100 exemplaires sur PAPIER VERGÉ numéroté et imprimé en caractères gothiques: L'art et science de rhétorique. — Le Casteau

Achat de Bibliothèques

d'amours. — Le debat deliver et de leste. — Le débat du vieil et du jeune. — Sermon nouveau. Le caquet des bonnes chambrières. — Sermon de S. Haren. — La Réformation des dames de Paris. — Déploration de Robin. — Le Songe doré de la Pucelle. — La complaincte de la grosse cloche de Troyes. — Les Souhaiz du Monde. — La Farce de Meunyer. — Moralité de l'aveugle et du boiteux. — La Farce de la pipée.

1907. **POÈTES FRANÇAIS**. (Collection des Anciens), publiée par Coustelier. *Paris, Coustelier,* 1723-1724 ; 10 vol. pet. in-8, mar. rouge, fil., dos orné, dent. int., tr. dor. *(Rel. anc.)* 800 fr.

Charmante collection très recherchée, elle ne comprend que des chefs-d'œuvre : *Poésies de Coquillart,* 1 vol. — *La Farce de Pierre Pathelin,* 1 vol. — *Œuvres de Villon,* 1 vol. — *Les Poésies de Martial de Paris,* 2 vol. — *La Légende de Faifeu,* 1 vol. — *Poésies de G. Crétin,* 1 vol. — *Œuvres de Jean Marot,* 1 vol. — *Œuvres de Racan,* 2 vol.

Bel exemplaire dans une jolie reliure ancienne.

1908. **Poètes français** (les), recueil des chefs-d'œuvre de la poésie française depuis les origines jusqu'à nos jours, avec une notice littéraire sur chaque poète. Précédé d'une introduction par M. Sainte-Beuve. Publié sous la direction de M. Eugène Crépet. *Paris, Gide,* 1861-1862 ; 4 vol. in-8, demi-rel. veau fauve. 35 fr.

1909. **PROCÈS D'AMOUR** (Les Cinq premiers livres du) avec les amours chrestiennes du mesme autheur. *Paris, Antoine Estienne,* 1630 ; in-4, mar. rouge, dos orné, tr. dor. *(Trautz-Bauzonnet).* 250 fr.

Ouvrage anonyme. L'imprimeur dit que ce livre « lui est venu de la Bibliothèque d'un personnage d'érudition et qui le prisoit grandement ». Il se compose de 8 ff. prel. dont le dernier blanc, et 211 pp.

Exemplaire provenant de la Bibliothèque du comte d'Aurray et de celle du comte de Béhague.

1910. **Quinault**. Les Rivalles, Comédie (par Quinault). *A Paris, chez Guillaume de Luyne,* 1655; pet. in-12, front. gravé, mar. vert, dent. int., tr. dor. *(A. Motte).* 60 fr.

Édition originale de la première comédie de Quinault, à laquelle une tradition rattache l'origine des droits d'auteur.

Joli frontispice.

1911. **Racan**. Les Œuvres de M. Honorat de Beuil, chevalier, seigneur de Racan. *Paris, Ant. lib. Coustelier,* 1724; 2 vol. in-12, mar. rouge, 3 rang. de fil. dor. et rosaces, dos orné, dent. int., tr. dor. *(Derôme).* 200 fr.

Jolie édition contenant les Bergeries, les Psaumes et les belles stances sur la vie champêtre, sur la retraite. Brillant disciple de Malherbe, il s'est élevé au premier rang des poètes de la vie simple et champêtre, c'est un précurseur de La Fontaine.

1912. **Rapin**. Les Œuvres latines et françoises de Nicolas Rapin, Poictevin. Tombeau de l'auteur avec plusieurs éloges. *Paris, Pierre Chevalier,* 1610 ; pet. in-4, mar. rouge, dos orné, fil., dent. tr. dor. *(Chambolle-Duru).* 180 fr.

Première édition, publiée selon le testament même de Rapin, par ses deux meilleurs amis, Scévole et Ste Marthe et J. Gillot.

La première partie de ce volume contient deux livres d'épigrammes, des élégies et autres poésies latines fort estimées, puis viennent les poésies françaises qui se divisent en sujets profanes et religieux : on y trouve des vers mesurés, rimés et non rimés, des odes anacréontiques et saphiques, à l'instar des poésies de Rousard et de son groupe. Le recueil se termine par des vers latins français dédiés à la mémoire de Rapin par les beaux esprits du temps et rassemblés sous le titre de *Tumulus Rapin.* Dédicace au président de Harlay et à J.-A. de Thou.

1913. **RÉCRÉATIONS** (Les). Devis et Mignardises : demandes et responces que les amoureux font en l'amour, avec le blason des herbes et fleurs pour faire les bouquets, sonnets et dizains, fort convenables à ces devis, nouvellement fait au contentement et plaisir de tous les amans. *A Lyon, par les héritiers de feu François Didier, à l'en-*

seigne du Phénix, 1592 ; in-16, mar. citron, doublé de mar. bleu, comp. de filets, dos orné, tr. dor. (*Trautz-Bauzonnet*).

500 fr.

Bel exemplaire d'un petit livre très rare renfermant 96 pages chiffrées et réglées en or. On trouve dans ce volume les pièces suivantes :

1. *Un quatrain au verso du titre.*

2. *La récréation des devis amoureux*, prose.

3. *Les ventes d'amour*, vers.

4. *Le blason des Herbes*, prose.

5. *Le blason de la ligature du bouquet*, prose.

6. *Demandes et responses d'amour*, prose.

7. *S'ensuivent plusieurs autres devis d'amour*, vers.

8. *Demandes joyeuses d'un amant à sa dame en manière de reproche ou vilenie*, vers.

Exemplaire de la bibliothèque de Ch. Nodier et de R. Hébert.

1914. **Recueil** de diverses Poésies, tant du feu sieur de Sponde, que des sieurs du Perron, de Bertaud, de Porcheres, et autres non encore imprimées. Recueillies par Raphael du Petit Val. *Rouen, impr. du Petit Val*, 1600-1605 ; 4 tomes en un vol. pet. in-12, mar. rouge, dos orné, fi., tr. dor. (*Trautz-Bauzonnet*).

100 fr.

Très bel exemplaire avec témoins.

1915. **Recueil** de poésies chrestiennes et diverses, dédié à Monseigneur le Prince de Conty, par M. de La Fontaine. *A Paris, chez Pierre Le Petit*, 1671 ; 3 vol. in-12, front. grav. à chaque volume, mar. citron, dos ornés et mosaïqués, fil., dent. int., tr. dor. (*Belz-Niedrée*).

200 fr.

« Recueil composé avec goût et qui contient plusieurs morceaux qu'on chercherait vainement ailleurs. L. Henri de Brienne, qui en fut l'éditeur, l'a fait paraître sous le nom de La Fontaine, quoique ce poète n'y soit que pour l'épître dédicatoire en vers, pour une paraphrase du Psaume XVII et pour quelques fables et autres pièces déjà imprimées. Le troisième volume, qui forme un recueil à part, ne se trouve que rarement réuni aux deux autres » (*Brunet*).

1916. **RECUEIL** des meilleurs contes en vers (par La Fontaine, Voltaire, Vergier, Sénecé, Perrault, Moncrif, etc. *Londres (Paris, Cazin)*, 1778; 4 vol. pet. in-12, fig., mar. rouge, dos orné, recouvert d'ornements à la Le Gascon, dent. int., tr. dor. (*Rivière*).

600 fr.

Charmant petit livre orné de 116 vignettes en-têtes attribuées à *Duplessi-Bertaux*. Ces vignettes, finement gravées, représentent dans un espace des plus restreints des scènes animées de nombreux personnages.

Bel exemplaire avec les figures en bonnes épreuves.

1917. **RECUEIL** des meilleurs contes en vers. *A Londres (Cazin)*, 1778, 4 vol. in-18, figures, mar. rouge, 3 rang. de fil. dor., dos entièrement orné, dent. int., tr. dor. (*Derôme*).

2.000 fr.

Ce joli recueil, connu sous le nom de *Petits Conteurs*, se compose de : *Contes et Nouvelles de M. de La Fontaine*, pour les tomes I et II ; *Contes et Nouvelles*, en vers, par *Voltaire, Vergier, Perrault, Moncrif*, etc., pour le tome III, avec 23 vignettes ; *Contes en vers, par Grécourt, Autreau, Saint-Lambert, Chamfort, Dorat*, etc., pour le tome IV, 28 vignettes. Ensemble, 116 charmantes compositions attribuées à *Duplessi-Bertaux*.

Très bel exemplaire en maroquin de Derôme de toute fraicheur. — Rarissime en cette condition.

1918. **Régnier.** Les Satyres du sieur Régnier. Dernière édition, revue, corrigée et de beaucoup augmentée, tant par le sieur Sigogne, que de Bertelot. *Paris, Nicolas et Jean de la Coste*, 1635 ; in-8, mar. rouge, dos orné, fil., tr. dor. (*Capé*). 80 fr.

Très bel exemplaire, d'une édition fort recherchée.

Les satires de Régnier ont de l'énergie et de la fougue, de la promptitude et de l'élan, de la verve et de la force. Elles sont empreintes d'une naïveté mêlée de finesse qui n'exclut pas une trivialité pittoresque. Le poète est toujours curieux d'expressions, de tournures et d'images nouvelles ce qui fait en lui un singulier mélange d'abandon et de recherche et lui constitue une puissante originalité.

1919. **Régnier.** Les Satyres et autres Œuvres du sieur Regnier, augmentées de diverses pièces cy

devant non imprimées. *A Lei-
den, chez Jean et Daniel Else-
vier*, 1652 ; pet. in-12 de 4 ff.
prélim., 202 pp., 2 ff. de table
et 1 f. blanc, mar. rouge, dos
orné, fil., tr. dor. (*Duru*).
100 fr.

Edition rare, beaucoup plus complète
que celle de 1642. (Willems, n° 715).

1920. **RONSARD**. Les Œuvres de
P. de Ronsard, gentilhomme vandomois. I. Les Amours, divisées en 2 parties, la première
commentée par Marc-Ant. Mu-
ret, la seconde par R. Belleau,
II. Les Odes. *Paris, Gabriel
Buon*, 1567 ; 2 tom. en 1 vol. in-
4 de 124 + 89 ff. et 6 ff. prél.
+ texte coté de 9 à 244, rel. vélin blanc à recouv., fil. dor., milieux et dos chiffrés, tr. dor.
(*Rel. du temps*). 1.500 fr.

Edition rare et recherchée parce qu'elle
contient de nombreuses corrections et
additions de l'auteur.
Précieux exemplaire du poète MARC
CLAUDE DE BUTET dont il porte les
chiffres au milieu des plats et, cinq fois
répétés, sur le dos du vol.
Claude de Butet, gentilhomme savoi-
sien, était l'ami de Ronsard. On con-
naît le joli madrigal que lui a adressé
Ronsard dans le 2ᵉ livre des Amours et
qui commence ainsi :
« Docte Butet qui a montré la voye
« Aux tiens de suivre Apollon et son cœur. »

1921. **RONSARD**. Les quatre premiers livre (*sic*) de la Fran-
ciade. *Paris, Gabriel Buon*, 1572;
in-4, mar. brun, milieux de
feuillages, tr. dor. (*Masson-Debonnelle*). 300 fr.

EDITION ORIGINALE, dédiée à Charles IX,
ornée des beaux portraits de Ronsard et
de Charles IX, de fleurons et jolies lettres
ornées dans le goût de Jean Cousin.
RARE.
Bel exemplaire.

1922. **RONSARD**. LES QUATRE
PREMIERS LIVRES de la Fran-
ciade, au Roy très chrestien
Charles neufviesme de ce nom,
par Pierre de Ronsard, gentilhomme vandomois, revue et corrigée de nouveau. *Paris, Gabriel
Buon*, 1573 ; in-12 de 8 ff. préliminaires, 102 pp. chiffrées, 1

f. pour l'extrait du privilège,
mar. bleu, milieux à petits fers,
dos orné, tr. dor. (*Trautz-Bauzonnet*). 250 fr.

Edition rare et recherchée, contenant
2 très beaux portraits sur bois de Ronsard
et de Charles IX.

1923. **RONSARD**. Les Œuvres
de P. de Ronsard, gentilhomme
Vandomois. Reueues, corrigées
& augmentées par l'autheur. *A
Paris Gabriel Buon*, 1584, in-
fol., port. grav. sur bois, peau
de truie, orné de compart. de filets droits et courbes, dos orné,
dent. int., tr. dor., étui. (*Pa-
gnant*). 1.000 fr.

Dernière édition, revue par l'auteur, dans
laquelle le poète a retranché un certain
nombre de pièces que l'habit ecclésiastique,
dont il était vêtu, et les circonstances
politiques, où l'on se trouvait alors, ne
lui permettaient plus d'avouer.

1924. **Ronsard**. Les Poemes de P.
de Ronsard, gentilhomme vandomois. Tome VIII. — Les
Hymnes de P. de Ronsard, gentilhomme vandomois. Tome VI.
Paris, Buon, 1587 ; deux tomes
en un vol. in-12, vélin, fil., dos
orné de feuillage, tr. dor. (*Rel.
anc.*) 100 fr.

Deux portraits de Ronsard gravés sur
bois. Armes sur le dos de la reliure.

1925. **RONSARD**. Les Œuvres de
P. Ronsard, gentilhomme Vandomois. Reueues, corrigées et
augmentées par l'autheur. *A Paris, Nicolas Buon*, 1609 ; in-fol.,
portrait grav. sur bois, veau
brun foncé, 2 rangées de fil. dor.,
milieux ornés de guirlandes or
de feuillage et fleurs. (*Rel. du
XVIIᵉ s.*) 2.500 fr.

Précieuse édition, imprimée en 2 parties.
La première partie comprend 7 ff.,
prél. avec le frontispice gravé par *L. Gaultier*, où Ronsard est qualifié de *prince des
poètes français* et 577 pp.
La seconde contient les pages 578 à
1215 plus 6 ff. pour la table et l'ode
pindarique de Cl. Garnier, puis le *Recueil
des sonnets, odes, hymnes, élégies, fragments
et autres pièces retranchées aux éditions précédentes, avec quelques autres non imprimées
cy-devant*, partie de 132 pp. plus 2 ff. pour
la table.
Cette édition est divisée en 10 livres,

dont le dernier contient la vie de Ronsard par *Cl. Binet*, son oraison funèbre par Davy, l'églogue de Cl. Garnier et le Tombeau. Elle renferme aussi le commentaire de Richelet sur les sonnets et sur les odes.

Bel exemplaire. Rare en cette condition.

1926. **Sa'di**. Poésies, texte persan. A la suite de diverses poésies, des anecdotes plaisantes (Mouzhikât-i Mouzhiké), le Kitâb al-Irsâla (en persan, avec commentaire arabe marginal), traité religieux, puis diverses anecdotes sur le sultan Abaka Khân Enkiya (?). Chems ed-Din... ; gr. in-8 de 204 ff., mar. noir, dent. et orn. dor., doubl. de mar. rouge. (*Rel. persane*).   200 fr.

Manuscrit en écriture nestalik très élégante; encadrements d'or avec filets noirs, nombreuses lignes variables comme du reste la disposition des pages qui ont été remontées. Sur les gardes et en marge de quelques pages, annotations en écriture chikesté de mains différentes. Les deux premières pages et treize autres sont joliment ornées de motifs polychromes.

1927. **Saint-Amant**. La Rome ridicule (par Marc-Antoine de Girard sieur de Saint-Amant). *S. l. (Hollande)*, 1643 ; in-8, de 54 pages, mar. rouge, fil., dos orné, dent. int., tr. dor. (*Cazin*).   70 fr.

ÉDITION ORIGINALE, avec une appréciation de cette satire par Th. Gautier.

L'auteur était gentilhomme de la reine de Pologne, Marie de Gonzague, et fut un des premiers membres de l'Académie française. Ce célèbre buveur et rimeur, était un écrivain de grand talent, plein de verve, épris de couleur et de pittoresque.

1928. **Saint-Amant** (Les Œuvres du sieur de) augmentées de nouveau : Du Soleil levant. Le Melon. le Poëte crotté. La Crevaille. Orgie. Le Tombeau de Marmousette. Le Paresseux. Les Goinfres. *A Lyon, chez la Veuve de Jean Jacquemetton*, 1643e; 2 parties en 1 vol. pet. in-8 de 188 et 48 pp., mar. citron, dos orné, fil., dent. int., tr. dor. (*Trautz-Bauzonnet*).   120 fr.

Édition très rare, dédiée au duc de Retz au service duquel l'auteur était attaché;

elle est ornée de très élégants culs-de-lampe.

Poëte original, Saint-Amant a devancé l'école romantique par le culte de l'antithèse, l'amour de la couleur, de l'effet et du pittoresque, l'alliance du lyrisme et de la trivialité, du grotesque et du sublime. Ses petits poèmes sont les plus curieux, ils sont plein d'éclats, de facilité, de naturel, animés par une verve qui entraîne le lecteur le plus froid.

1929. **SAINT-GELAIS** (Octavien de) LE VERGIER DONEUR nouvellement (*sic*) imprimé a paris. De l'entreprinse et voyage de naples. Auquel est comprins commēt le roy Charles huitiesme de ce nō a banyere desployee passa et repassa de journée en journée depuis Lyon jusques à Naples, et de napples jusques à Lyon. Ensemble plusieurs austres choses faictes et composées Par revered pere en dieu monsieur Octavien de sainct Gelais evesque dangoulesme, et par Maistre Andry de la Vigne secraitere de la Royne et de monsieur le duc de Savoye avec autres. (A la fin :) *Cy fine le vergier d'honneur nouvellement imprime a Paris par Jehan Trepperel, libraire..., s. d. (vers 1500)*, in-4, goth. à 2 col., de 182 ff. n. chiff., fig. sur bois, veau brun sur ais de bois, fil. à froid, fleurs de lis argentées dans les angles, fermoirs l'en cuivre. (*Rel. anc.*)   2.000 fr.

Cette édition précieuse du *Vergier d'honneurs* est ornée de nombreuses figures sur bois.

La première lettre du titre est une L historiée, où sont représentées plusieurs têtes, et un homme et une femme s'embrassant. Le dernier feuillet porte au recto une grande figure : *l'auteur dictant son ouvrage*, le verso est occupé par la marque de *Jean Trepperel*.

L'ouvrage comprend deux parties distinctes, la relation en vers et en prose de l'expédition de Charles VIII et une foule de pièces diverses, épitaphes de Charles VIII, ballades, rondeaux, etc., récitées au Vergier d'honneur. La plupart de ces pièces sont l'œuvre d'André de La Vigne.

Superbe exemplaire grand de marges, d'une conservation extraordinaire, dans son ancienne reliure portant les armes argentées du jurisconsulte BENOIT LE COURT, célèbre bibliophile, émule de

Grolier. Octavien de St Gelais était le frère de Mellin et de Charles de Saint-Gelais, non moins célèbres écrivains.

1930. **Saint-Gelais** (Mellin de). Œuvres poétiques. *Lyon, Antoine de Harsy*, 1574; pet. in-8 de 8 ff. prélim. et 253 pp., mar. vert, dos orné, tr. dor.   50 fr.

ÉDITION ORIGINALE, la contrefaçon, même date, n'a que 246 pages.

1931. **SANNAZAR** (J.). Arcadia di messer Jacomo Sannazaro, gentilhuomo Napolitano. In fine : *Impresso in Vinegia nelle case d'Aldo romano*, 1514 : pet. in-8 de 89 pp. et 1 f. pour l'ancre aldine, mar. brun, compart. de fil à froid et dor. avec dentelles formées d'entrelacs, milieux et angles ornés de feuillage, tr. dor. et cisel. (*Rel. du XVIe s.*)   500 fr.

Edition rare, imprimée avec les beaux caractères cursifs des Alde.

C'est en Orient, où il s'était retiré pour faire diversion à une passion amoureuse, que le poète Sannazar composa l'Arcadia.

Ce poëme est d'une délicatesse et d'une naïveté admirables. Les descriptions, les images, le style, tout est original et élégant. Il n'y eut pas moins de 60 éditions à l'époque. Celle-ci est l'une des plus recherchées.

Curieuse reliure dans le goût oriental.

1932. **Sarazin**. Les Œuvres de Sarazin. *Paris, Thomas Jolly*, 1663 ; 2 tomes en un vol. in-12, mar. citron, dos orné, tr. dor. (*Trautz-Bauzonnet*).   150 fr.

Ami de Ménage qui se fit son éditeur, de Pellisson, de Mlle de Scudéry, de Segrais qui le vante et dit qu' « il faisait tout ce qu'il voulait de son esprit », rival de Voiture, et connu dans le monde des Précieuses sous le nom d'Amilcar, Sarazin avait de l'humeur, un tour agréable. C'était dans le plein sens du mot, un bel esprit.

Bel exemplaire de ses œuvres avec son portrait gravé par R. Lochon.

1933. **Sarazin**. Nouvelles Œuvres de Monsieur Sarazin. *Paris, Claude Barbin*, 1674; 2 tomes en 1 vol. in-12, mar. citron, dos orné, fil., tr. dor. (*Trautz-Bauzonnet*).   150 fr.

Seule édition de ces *Nouvelles Œuvres*, donnée par Fleury, ancien secrétaire de Ménage. — Exemplaire grand de marges.

1934. **Scudéry** (Georges de). Alaric, ou Rome vaincue. Poëme héroïque, dédié à la Sérénissime Reyne de Suède. Par M. de Scudéry. *Jouxte la copie, Paris, Augustin Courbé*, 1655 ; in-12, mar. rouge, filets dorés, dos orné, tr. dor., dent. int., tr. dor. (*Kœhler*).   40 fr.

Très jolie édition imprimée à Bruxelles par François Foppens; elle est ornée d'un frontispice et de 10 figures hors-texte, non signées, soit une figure pour chaque chant.

1935. **Segrais**. Diverses poésies de Jean Regnault de Segrais, gentilhomme Normand. *Paris, de Sommaville*, 1658; in-4 rel. veau fauve, dos orn. (*Rel. anc.*)   50 fr.

ÉDITION ORIGINALE. Bel exemplaire « ex muséo DU TILLOT ».

1936. **Sibillet** (Thomas). L'Iphigenie d'Euripide poete tragique tourné en François par l'auteur de l'Art poétique, dédié à Monsieur Jean Brinon, Seigneur de Villenes, et conseiller du Roy nottre sire en sa court de Parlement à Paris. *A Paris, on les vend en la salle du Palais, en la boutique de Gilles Corozet*, 1550 ; in-8, mar. rouge, dent. int., tr. dor. (*Trautz-Bauzonnet*).   100 fr.

Édition rare dans laquelle on a barré tous les E qui s'élident.

Très curieuse adaptation en vers de l'Iphigénie d'Euripide. L'auteur était un versificateur d'une virtuosité remarquable et s'est rendu célèbre par ses travaux de toute sorte sur la variété des mètres et la combinaison des rimes.

1937. **Tasse**. L'Aminte du Tasse, pastorale, traduite de l'italien en vers françois. *Paris, Gabriel Quinet*, 1666 ; in-12, fig., veau brun, dos orné. (*Rel. anc.*)   50 fr.

Jolie édition, ornée d'un frontispice, d'un élégant titre orné et de cinq charmantes figures par L. Cossinus.

1938. **TASSE**. Il Goffredo, overo La Gierusalemme liberata di Torquato Tasso. *Parigi, Stamperia reale*, 1644 ; in-fol., mar.

olive, dos et plats entièrement couverts de fleurs de lis et d'hermines, dos orn. (*Rel. anc.*)

800 fr.

Edition ornée d'un titre-frontispice et de nombreux en-têtes, culs-de-lampe et lettres majuscules gravés.

Superbe exemplaire en GRAND PAPIER aux armes de MARIE DE BRETAGNE, DUCHESSE DE MONTBAZON, maîtresse de l'abbé de Rancé, futur réformateur de la Trappe.

1939. **TASSE**. LA GERUSALEM-ME LIBERATA di Torquato Tasso. *Parigi, A. Delalain*, 1771 ; 2 vol. in-4., veau écaille, 3 rangées de fil. et fleurons, dos orn. de fleurs et feuillage, fil., dent. int., tr. dor. (*Derôme*).

250 fr.

Très jolie édition, richement illustrée de 2 front. avec les portraits du Tasse et de Gravelot, 2 titres gravés avec fleurons par *Drouet*, une dédicace avec vignette par *Leroy*, 20 figures, 9 grands culs-de-lampe à la fin des chants, 14 petits culs-de-lampe à la tête des chants, 14 petits culs-de-lampe en tête des chants et 20 vignettes avec portraits, le tout par *Gravelot* gravés par *Baquoy, Duclos, Henriquez, Lingée, Massard, Mesnil, Née, Patas, Pons, Rousseau, Le Roy, Simonnet et Leveau*.

Un des rares exemplaires, tirés de format in-4.

1940. **TASSE**. LA GERUSALEM-ME LIBERATA di Torquato Tasso. *Parigi, A. Delalain*, 1771, 2 vol. in-8, mar. rouge, fil. dor., dos finement orné, tr. dor. (*Rel. anc.*)

1.500 fr.

Même livre, en maroquin du temps, orné.

Reliure très originale, le dos est orné de trophées et de guirlandes dessinés par *Gravelot*.

1941. **Tassoni** (Al.). La Secchia rapita ,poema eroi-comico. *Parigi, L. Prault*, 1766 ; 2 vol., gr. in-8, front. et fig., mar. rouge, dos orn., fil. et fleurons aux angles, tr. dor. (*Derôme*). 150 fr.

Très joli livre, orné de 2 titres gravés avec fleurons, frontispice, portrait en médaillon par *Gravelot*, gravés par *Le Roy*, 12 figures par *Gravelot*, gravées par *Duclos, Née, Simonet*, etc., 12 en-têtes par *Gravelot, Le Roy* et 12 culs-de-lampe par *Huet* et *Marillier*, gravés par le même.

1942. **TOMBEAU**. (Le) de Marguerite de Valois, royne de Navarre. Faict premierement en disticques latins par les trois sœurs princesses en Angleterre. Depuis traduitz en grec, italié et françois par plusieurs des excellentz poetes de Frâce. Avecques plusieurs odes, hymnes, cantiques, épitaphes, sur le mesme suject. *Paris, Fezandat et Granjon*, 1551 ; in-8, velin à recouv. (*Rel. anc.*) 400 fr.

Au verso du titre, joli portrait de Marguerite de Valois, gravé sur bois. Les distiques latins ont été composés par les trois sœurs, Anne, Marguerite et Jane de Seymour; la traduction grecque en a été faite par Jean Dorat, la traduction italienne par Pierre de Mesmes, et les deux traductions françaises ont été faites, l'une par Joachim Du Bellay, l'autre par Antoine de Loynes et J.-Antoine de Baïf.

1943. **Trissino** (Gio.-Giorg.). La Sophonisba. Li Retratti, Epistola. Oratione al serenissimo principe di Vineggia. *Vineggia, A. Bindoni*, 1549 ; pet. in-8, de 63 pp., avec une figure sur bois allégorique sur le titre, vélin blanc. 30 fr.

Trissino, poète italien (1478-1550), n'était encore connu que par quelques essais poétiques lorsqu'il publia sa célèbre Sophonisbe, la première tragédie faite à l'imitation et selon les règles des tragédies antiques.

Jolie édition en caractères italiques.

1944. **Valagre**. Les Cantiques du Sieur de Valagre et les Cantiques du Sieur de Maizonfleur. Poëmes pleins de piété et doctrine chrestienne, fournis d'argumens et annotations, même ceux de S. de Maizonfleur, outre les impressions précédentes. Avec quelques autres Cantiques *Paris, Mathieu Guillemot*, 1587 2 vol. -12. — Les Quatrins du Seigneur de Pybrac. Contenant preceptes et enseignements utiles pour la vie de l'homme : Mis en leur ordre, et augmentez par ledit Seigneur. Avec les Plaisirs de la Vie Rustique, extraits d'un sien plus long poème. *Paris, Mathieu Guillemot*, 1587 ; in-12. Ens. 3 tomes en un vol.

in-12, mar. citron, dos orné, milieux de feuillages, tr. dor. (*Trautz-Bauzonnet*). 100 fr.

Charmant exemplaire.

1945. **Valagre.** Les Cantiques du sieur de Valagre et les Cantiques du sieur de Maizon-Fleur ... en cette dernier édition, ont esté adjoustées les Larmes de Jesus-Christ, les pleurs de la Vierge, les Larmes de S. Pierre de la Magdeleine, les distiques moraux de Caton et autres œuvres chrestiennes. *A Rouen, de l'Imprimerie de Raph. du Petit Val*, 1613 ; in-12, mar. bleu, dos orné, fil., dent., tr. dor. (*Lortic*).

100 fr.

Dernière édition la plus complète, contenant les *Quatrains de Pybrac*.

1946. **VILLON**. LES ŒUVRES DE FRANÇOYS VILLON de Paris, reueues et remises en leur entier par Clement Marot valet de chambre du Roy... *On les vend a Paris en la grande salle du Palais, en la bouctique de Galliot du Pre. (A la fin :)... paracheuees de imprimer le dernier jour de septembre, L'an mil cinq cens trente et troys* 1533); pet. in-8, mar. citron, fil. et encadrem., tr. dor. (*Trautz-Bauzonnet*). 2.000 fr.

Édition DE TOUTE RARETÉ, la plus recherchée des éditions en lettres rondes.

Elle a été revue par Clément Marot qui en a rétabli les vers fautifs, rempli les lacunes, et écarté du recueil les pièces étrangères à Villon.

Haut : 128 mill.

Conteurs en Prose et Auteurs facétieux

1947. **Amours** (Les) de Madame d'Elbeuf, nouvelles historiques contenant plusieurs anecdotes du cardinal de Richelieu. *Amsterdam, Westein et Smith*, 1739 ; in-8 de 220 pp., veau rac., dos orné. (*Rel. anc.*) 50 fr.

L'auteur, anonyme, assure dans la préface, que cette histoire « véritable » lui a été contée par le Comte de Fiesque.

1948. **Amours** (Les) d'Ismène et d'Ismenias (par Godard de Beauchamps). *A La Haye*, 1743 ; in-12, mar. rouge, dos orn., fil., guirlande de feuillages aux angles, tr. dor. (*Rel. anc.*) 100 fr.

Charmant livre, orné d'un titre-frontispice, 1 fleuron sur le titre et 3 figures charmantes dans le genre d'*Eisen*, non signées.

Bel exemplaire. .

1949. **AMYOT**. Amours pastorales de Daphnis et de Chloé, traduites du grec de Longus par Amyot. *Paris, P. Didot l'ainé, an VIII (1800)*, gr. in-4, figures, dos et coins mar. vert, fil. dor., dos orné, tête dor., non rogné.

250 fr.

Superbe édition, ornée de 9 figures par *Gérard* et *Prudhon*, gravées par *Godefroy* et autres.

Exemplaire imprimé sur PAPIER VELIN, contenant les figures en double état AVANT et avec les numéros.

1950. **Aneau** (Barthélemy). Picta poesis. Ab authore denuo recognita. *Lugduni, apud Ludovicum et Carolum Pesnot*, 1563. (A la fin :) *Lugduni, Mathias Bonhome excudebat* ; in-16, fig., veau racine, dos orné, dent., tr. dor. (*Rel. anc.*) 100 fr.

Ouvrage orné de 105 jolies vignettes sur bois que l'on attribue généralement à *Bernard Salomon*, dit le *Petit Bernard* avec une jolie marque d'imprimeur, la Salamandre.

L'auteur cite à la fin de son livre divers accidents ou événements mémorables arrivés de son temps dans la ville de Lyon : en 1540, celui de M. de Corberon et de deux amis sur lesquels une maison s'écroula ; en 1452, celui de Fr. Peloux, enseveli pendant sept jours dans un puits ; la naissance d'un chat phénoménal, etc. Exemplaire avec des notes de François de Neufchâteau, et provenant en dernier lieu de la bibliothèque de FIRMIN-DIDOT.

1951. **Anecdotes** jésuitiques ou le Philotanus moderne. *A la Haye, aux dépens de la Compagnie*, 1740 ; 3 vol. pet. in-12, mar. rouge, fil. dor., dos orné, dent. int., tr. dor. (*Koehler*). 50 fr.

Facéties attribuées à NICOLAS JOUIN.

1952. **Angola**, histoire indienne, ouvrage sans vraisemblance. *A Agra, avec privilège du Grand Mogol*, 1770; 2 part. en 1 vol. pet. in-12, veau brun, dos orné, (*Rel. anc.*) 30 fr.

Le chevalier Ch. J. L. Aug. Rochette de la Morlière s'est attribué ce roman, mais il paraîtrait que cette histoire a été trouvée dans les papiers manuscrits du duc de la Trémoille, après sa mort.

Edition ornée de 4 jolies figures par *Eisen*, gravées par *Tardieu* et *Aveline*.

1953. **Après dinées** (Les) et propos de table contre l'excez au boire et au manger pour vivre longuement, sainement et sainctement. Dialoguisez entre un prince et sept scavants personnages ; un theologien, canoniste, jurisconsulte, politique, médecin, philosophe moral et historien (par Antoine de Balinghem). *Lille, Pierre de Rache*, 1615 ; in-8, veau racine, 3 rangées de fil., dos orné, tr. jasp. (*Rel. anc.*) 100 fr.

Ce curieux livre contient des réflexions morales exprimées avec naïveté et dans une langue pleine de charme, mêlées à de singuliers récits. L'auteur assure que quiconque endure quelque chose pour n'obéyr pas aux défis à boire aura la gloire des martyrs, que le vin est le venin de l'âme, qu'il découvre les secrets — les secrets découverts sont causes de grands maux — le bon tempérament du cerveau fait merveille même aux bêtes prouvé par l'artifice de l'araignée, par la prudence des fourmis, par les traces de raison qui se remarquent aux chiens. Suivent les histoires admirables d'un chien — comment faut entendre que les enfants viennent de Dieu. — Une comtesse d'Hollande se délivre de 306 enfants... Les intempérants engendrent plutôt des filles. La musique à table est remède à l'ivrognerie. Le lierre aussi, etc., etc.

1954. **Arc** (chevalier d'). Le Palais du Silence, conte philoso-phique (par le chevalier d'Arc). *Amsterdam*, 1754 ; 2 vol. in-12, mar. rouge, fil., dos orné de fleurs, dent. int., tr. dor. (*Derôme*). 60 fr.

Bel exemplaire.

Livre traduit du Grec de Cadmus, de Milet, et l'un des plus anciens monuments de la littérature grecque, c'est une belle fiction morale.

1955. **ARETIN** (Pierre). La prima parte de ragionamenti di M. Pietro Aretino, cognominato il flagello de prencipi, il veritiero, el divino, divisa in tre giorna ne la contenenza dele quali si porra ne la facciata segnente. In fine . (*Stampata nella citta di Bengodi ne l'Italia altre volte piu felice, il viggesimo primo d'octobre* 1584) in-12, mar. rouge, 3 rangées de fil. dor., dos orné, à petits fers, dent. int., tr. dor. (*Boyet*). 600 fr.

Edition rare des dialogues de l'Arétin, imprimée en caractères cursifs.

Très bel exemplaire aux armes de Charles-Louis-Auguste, marquis de LA VIEUVILLE (1726-1761).

1956. **ARETIN** (Pierre). Capricciosi et piaccueli Ragionamenti di M. Pietro Aretino, il veritiere el divino, cognominato il flagello de principi. *Stampati in comospoli*, 1660 ; pet. in-8, mar. bleu, compart. de fil. et dent. dor. et à froid, rosace, dos orné, dent. int., tr. dor. (*Simier*). 300 fr.

C'est la plus belle édition et la plus recherchée de ce recueil. Il contient la « *Puttana errante* » en édition originale; condition TRÈS RARE.

1957. **Aretin** (L.). Aquila Volate. Libro intitolato. Aquila volante : di latino nella volgar lingua, dal magnificio et eloquetissimo messer Leonardo Aretino tradotto. Nelqual si contiene del principio del mondo : di molte dignissime historie et fabole di Saturno et Giorte delle gran guerre fatte da Greci. da Trojani, et da Romani fin al tempo di Verone, con molte degne allegatione di Dante et altri autori, et di novo con grandissima diligenza ricorretto et stampato. (In fine :). *Impresso in Venetia, per Marchio Sessa, 1531, adi XXI* ; in-8, mar. vert, 3 rangées de fil., dos orné de feuillage, dent. int., tr. dor. (*Derôme*). 100 fr.

Recueil d'historiettes fort recherché, avec un très joli encadrement sur le titre et la curieuse marque du libraire à la fin du volume. C'est un ouvrage composé à l'imitation du « Trésor » de Brunetto Latini, et qui en reproduit de nombreux passages.

1958. **ARLOTTO**. Facetie, fabule, motti del Piovano Arlotto prete fiorentino, huomo di grande ingegno. Opera dilettevole vulgare in lingua toscha historiata con piu Facetie agionte novamente stampate. (In fine) ; *Stampata in Vinegia per Bernardino di Bindoni... anno 1538* ; pet. in-8, mar. rouge, dos orné à la grotesque, fil., tr. dor. (*Rel. anc.*) 250 fr.

Édition rare de ce recueil de facéties orné d'une grande figure sur bois sur le titre et de nombreuses figures plus petites fort curieuses. Les bons mots de Gonella se trouvent nans cette édition.

On a relié à la fin : *Linguaccio. Libro novo chiàmato linguaccio composto per Baldassarre Olimpo de li Alexandri da Sasso ferrato.* Venise, 1524, in-8, fig.

Beaux exemplaires dans une excellente reliure de *Padeloup*.

Ex-libris de LAMOIGNON et de GIRARDOT DE PREFOND. Haut. 134ᵐᵐ.

1959. **ARTE** (de) **BIBENDI**, libri tres, autore Vincentio Obsopæo Germano. Quibus adjunximus de arte jocandi libros quatuor. Matthiae Delii Hamburgensis, cum luculenta in eosdem praefatione. *Francofurti ad Mœnum, 1578; ;* in-12, mar. rouge, 3 rangées de fil. dor. dos orné à petits fers et au pointillé, dent. int. tr. dor. (*Rel. anc.*) 250 fr.

Recueil de facéties originales sur l'art de boire et de rire. Edition rare.

Bel exemplaire aux armes du comte Louis-Henri LOMÉNIE DE BRIENNE. secrétaire d'Etat.

1960. **Asiatique tolérant** (L'). Traité à l'usage de Zeokinizul, roi des Kofirans, surnommé le Chéri, ouvrage traduit de l'arabe du voïageur Bekrinoll; par M.

de... (Laurent Angliviel de la Beaumelle). *Paris, Durand, s. d.;* in-12, mar. rouge, dos orn., fil., fleurons d'angles, dos orn., et gardes de pap. étoilé d'or, tr. dor. (*Rel. anc.*) 50 fr.

Curieux ouvrage terminé par une clef des personnages.

1961. **L'ASTRÉE** de M. d'Urfé, pastorale allégorique avec la clé. Nouvelle édition, où sans toucher ni au fond ni aux épisodes, on s'est contenté de corriger le langage et d'abréger les conversations. *A Paris, chez Witte et Didot, 1733 ;* 10 parties en 5 vol. in-12, veau fauve, dos orné de pièces d'armoires, tr. marbr. (*Rel. anc.*) 600 fr.

Aux armes de la comtesse de VERRUE.

Edition retouchée par l'abbé Souchay, ornée de 5 frontispices et de 50 figures non signées.

1962. **ATTORNEY** (The) general's charges against the late Queen, brought forward in the house of Peers, ou Saturday. August 19, 1820, illustrated witch filty coloured engravings. *London, pulishe y Humphrey, s. d.* (1821); gr. in-fol., demi-mar. rouge, tr. dor. 500 fr.

Ouvrage TRÈS RARE, tiré à 25 exemplaires, orné de 51 planches coloriées.

Ce sont des caricatures très spirituelles et caustiques sur la cour d'Angleterre.

1963. **Aubigné**. Les Avantures du baron de Fæneste comprinses en quatre parties. Les trois premières reveues, augmentées et distinguées par chapitres. Ensemble la quatriesme partie nouvellement mise en lumière, le tout par le mesme autheur 1630 ; in-8 de 6 ff. prél. et 308 pp., mar. rouge, fil. à froid, tr. dor. (*Trautz-Bauzonnet*). 150 fr.

PREMIÈRE ÉDITION COMPLÈTE.

Exemplaire du second tirage sous cette date avec les trois dernières pages régulièrement chiffrées.

1964. **Aubigné** (Agrippa d'). Les Aventures du baron de Fæneste. Augmentées de plusieurs remarques historiques, de l'histoire secrète de l'autheur, écrite par lui-même, et de la bibliothèque de maître Guillaume, enrichie de notes par M*** (Le Duchat). *Amsterdam*, 1731; 2 vol. pet. in-8, mar. bleu, fil., dos orné, tr. dor. (*Capé*).   80 fr.

L'un des chefs-d'œuvre du grand polémiste. Ce livre est une virulente satire de l'Église romaine.

Bel exemplaire. Frontispice gravé par *Rigaud*.

1965. **AVENTURES** de la Court de Perse racontée à la Reyne d'Escosse par Monseigneur de Païs, nommé Peuthée. *S. l. n. d.*, manuscrit du XVIIᵉ siècle, in-fol. de 54 ff., vélin. (*Rel. anc.*)   500 fr.

Ce curieux manuscrit contient, en réalité, sous le couvert de ce titre, des Aventures et des faits de la Cour de Louis XIV. L'auteur nous présente, sous des noms persans les grands personnages du XVIIᵉ siècle, tels que le duc et la duchesse de Guise, le duc de Biron, le comte de Soissons, le duc de Nemours, le duc de Liancourt, la duchesse d'Hunières, la duchesse de Chelles, etc.

1966. **Aventures** (les) de Pomponius, chevalier romain, ou l'histoire de notre tems (par Labadie, revues et publiées par l'abbé Prevost). *Rome, héritiers de Ferranti Pallavicini*, 1725; in-12, veau fauve, dos orné, fil., tr. dor. (*Derôme*).   40 fr.

Ouvrage satyrique dirigé contre le Régent, Philippe d'Orléans.

1967. **Ballesdens** (J.). Le Procez de la jalousie. *Paris, veuve Edme Pépingue*, 1661, pet. in-12, mar. rouge, 3 rangées de fil. et rosaces, dos orné, dent. int., tr. dor. (*Rel. anc.*)   60 fr.

Livre curieux précédé d'une « épistre bouffonne aux jaloux ». Il est de Ballesdens qui était attaché au chancelier Séguier, ce qui lui procura une place à l'Académie française.

1968. **Barclay** (J.). Argenis. Editio novissima. Cum clave, hoc est nominum propriorum elucidatione, hactenus nondum edita. *Lugd. Batav., ex officina Elzeviriand*, anno 1630 : pet. in-12,

mar. rouge, 3 rangées de fil., dos orné, dent. int., tr. dor. (*Derôme*).   60 fr.

Très jolie édition fort recherchée, de ce roman politico-allégorique qui eut un grand succès à l'époque et fut souvent réimprimé.

1969. **Barclay**. Io. Barclaii Argenis. Editio novissima, cum clave, hoc est nonimum propriorum elucidatione hactenus nondum edta. *Amstelodami, apud Ludovicium Elzevirium*, anno 1655; in-18, mar. olive, dentelle, dos orné et mosaïqué, dent. int., tr. dor. (*Rel. anc.*)   80 fr.

Curieux conte politico-allégorique. Jolie édition publiée par Louis Elzevier.

970. **Barclay** (John). Argenis, roman héroïque (traduit de Barclay, par P. de Longue). *Paris, Prault*, 1728; 2 vol. in-12, fig. mar. rouge, dos orné, fil., tr. dor. (*Rel. anc.*)   50 fr.

Roman historique sur la Cour de Louis XIII.

1971. **BASTIMENT** de plusieurs receptes, pour faire diverses senteurs et lavements pour l'embellissement de la face et conservation du corps en son entier : Aussi de plusieurs confitures liquides et autres receptes secretes et desirées non encore veües. *De l'imprimerie de Guillaume de Nyverd, imprimeur ordinaire du roy et libraire à Paris, tenant sa boutique en la court du Palais;* pet. in-8 de 8 ff. non chiff. et 112 pp., mar. citron, plats et dos entièrement couverts de marguerites, dent. int., tr. dor. (*Trautz-Bauzonnet*).   2.000 fr.

Livre de recettes rarissime.

Superbe exemplaire réglé, orné d'un joli portrait sur le titre dans une reliure similaire des reliures dites à la Marguerite.

1972. **Béroalde de Verville**. L'Histoire Véritable ou le Voyage des Princes fortunez divisée en IIII entreprises. *Paris, Chevalier*, 1610; pet. in-8, carte, mar. rouge dos orné à l'oiseau, fil., tr. dor. (*Rel. anc.*)   200 fr.

Cet intéressant roman est rempli

d'allusion à la science chimique. Il a été publié, la même année, sous le titre suivant : *Voyage des Princes fortunez, œuvre stéganographique.*

Charmant exemplaire relié par *Derome.*

1973. Béroalde de Verville. Le Moyen de parvenir. Nouvelle édition, corrigée de diverses fautes qui n'y étoient point et augmentée de plusieurs autres. *A Chinon, de l'Imprimerie de François Rabelais, l'année pantagruéline* (vers 1705); 2 vol. pet. in-12, mar. rouge, dos orné et fil. à froid, tr. dor. (*Rel. anc.*)

100 fr.

Édition rare augmentée de la dissertation de B. de la Monnoye. impression hollandaise du commencement du XVIIIe siècle.

1974. Béroalde de Verville. Le Moyen de parvenir, nouvelle édition. *S. l.*, 100070073 (1773) ; 2 vol. in-18, front. grav., veau granit, dos orn., fil. (*Rel. anc.*)

30 fr.

Ce roman licencieux est en grande partie dirigé contre les moines, il est écrit avec beaucoup d'esprit et rappelle parfois les facéties de Rabelais.

Jolie édition.

1975. BÉROALDE DE VERVILLE. Le Moyen de parvenir, œuvre contenant la raison de tout ce qui a esté, est et sera. Avec demonstrations certaines et nécessaires selon la rencontre des effets de vertu. Et adviendra que ceux qui auront nez à porter lunettes s'en serviront ainsi qu'il est escrit au dictionnaire à dormir en toutes langues. S. recensuit sapiens, ab A ad 3. *Nunc ipsa vocat res ; hac iter est,* Aeneid. IX. 320. *Imprimé ceste année* (*s. d.*), *circa* 1620 ; pet. in-12, de 617 pp., mar. rouge, 3 rang. de fil. et rosaces dor., semis de fleurs de lys, étoiles, croix palatines sur les plats, dos orné à petits fers, dent. int., tr. dor. (*Boyet*). 500 fr.

Béroalde a fait. dans ce célèbre livre de facéties. de fréquents emprunts à l'Apologie pour Hérodote de Henri Etienne et à Rabelais, le premier écrivain du genre.

UNE DES PREMIÈRES ÉDITIONS, TRÈS RARE, inconnue de Brunet.

Bel exemplaire, réglé, dans une charmante reliure du temps.

1976. BOAISTUAU (Pierre), surnommé Launay. Histoires Prodigieuses extraictes de plusieurs fameux autheurs grecs et latins.. diuisees en cinq Tomes.. par P. Boaistuau.. C. de Tesserant.. F. de Belle-Forest.. Rod.. Hoyer. 1583-97. — **MARCONVILLE** (J. de). Le Sixiesme Tome des Histoires Prodigieuses, recueillies par I. D. M... 1598. *Paris chez H. de Marnef & la veufue de Guil. Cavellat,* 6 tom. en 3 vol. in-16, figures sur bois, mar. rouge, fil. dor., dos orné, dent. int., tr. dor. (*Derôme*). 350 fr.

La première partie de ces histoires est de Boaistuau ; la deuxième de Claude de Tesserant ; la troisième de Fr. de Belleforest, *augmentée de six histoires advenues de nostre temps adjoutées* ; la quatrième de Rod Hoyer ; la cinquième partie contient la traduction du *Traité des Monstres,* d'Arnaud Sorbin, par Fr. de Belleforest. Le tome VI est le *Recueil mémorable d'aucuns cas merveilleux advenus de nos ans,* par Jean de Marconville.

Recueil complet, orné de nombreuses figures sur bois. RARE,

Bel exemplaire aux armes.

1977. BOCCACE. Contes et Nouvelles de Boccace Florentin. Traduction libre, accomodée au gout de ce temps, et enrichie de figures en taille-douce par M. Romain de Hooghe. *Amsterdam,* 1699; 2 vol. pet. in-8 mar. rouge, fil., fleurons aux angles, dos entièrement orné. dent. int., tr. dor. (*Pasdeloup*) 500 fr.

Superbe exemplaire avec les figures de *Romain de Hooge* en belles épreuves.

1978. Boccace Contes et nouvelles de Boccace, florentin, traduction libre, accomodée au goût de ce temps. *La Haye (Paris), Gosse et J. Neaulme,* 1733; 2 vol. in-12, mar. rouge, fil. à froid, tr. dor. (*Rel. anc.*) 60 fr.

Jolie édition de Boccace, imprimée sur papier fin de Hollande, avec titre en rouge et noir et fleurons sur les titres.

Excellente reliure du temps.

Et de Livres anciens et modernes

1979. **BOCCACE**. Le Décaméron de Jean Boccace. *Londres (Paris, Prault,* 1757; 5 vol. in-8, portraits, titres gravés et fig. mar. bleu, 3 rangées de fil. dor. fleurons aux angles, dos orné de fleurs, tr. dor. (*Derôme*).

3.000 fr.

Belle édition orné de 1 portrait, 6 frontispices, 110 figures et 90 culs-de-lampe par *Gravelot, Boucher* et *Eisen,* gravés par *Aliamet, Baequoy, Flipart. Lemire, Pasquier, Saint-Aubin,* etc.

Édition française, contenant les figures en épreuves de PREMIER TIRAGE.

Superbe exemplaire auquel on a ajouté 10 FIGURES LIBRES de *Gravelot.*

1980. **Boiardo**. Orlando innamorato, composto gia dal sig. Matteo Maria Boiardo conte di Scandiano, ed ora rifatto tutto di nuovo da M. Francesco Berni. *In Fiorenza,* 1725, gr. in-4; mar. vert olive, 3 rangées de fil. dor. et fleurons aux angles, dos orné, dent. int., tr. dor. (*Rel. anc.*)

150 fr.

Excellente édition : exemplaire en GRAND PAPIER.

1981. **BONNET**. BÉRENGER, COMTE DE LA MARCK (par Bonnet). *Paris, Toussaint Quinet et Nicolas de Sercy,* 1645 ; 6 vol. in-8, 2 front. gr. par Fr. Chauveau, veau fauve jaspé, dos orné, fil., tr. rouge. (*Rel. anc.*) 1.000 fr.

Roman historique de la plus grande rareté, dans le goût de ceux d'Urfé, La Calprenède et Scudéry. Il se divise en quatre parties renfermant douze livres ; l'auteur se trouve nommé dans le privilège.

Exemplaire aux armes de la MARQUISE DE POMPADOUR.

1982. **Bordelon**. Arlequin comédien aux champs-élisées. Nouvelle historique, allégorique et comique. *Suivant la copie de Paris à Amsterdam, chez Adrien Brackman,* 1691; pet. in-12, mar. rouge jans., dent. int., tr. dor. (*Chambolle-Duru*). 70 fr.

Illustré d'un front. et de 3 jolies compositions gravées, fort remarquables par le costume et la décoration.

Bordelon était à la fois théologien et auteur dramatique. Il appelait plaisamment et non sans injustice ses ouvrages « ses péchés mortels dont le public faisait la pénitence. »

1983. **Bordelon**. Théâtre philosophique sur lequel on représente par des Dialogues, dans les Champs-Elysées, les philosophes anciens et modernes. *Paris, Muster,* 1693 ; in-12, portr. et fig. mar. bleu, dos orné, fil., tr. dor. (*Rel. anc.*) 100 fr.

Portrait de l'auteur gravé par *Trouvain* et figure dessinée et gravée par *Erlinger.*

Livre très curieux contenant des anecdotes sur divers personnages du temps. Seconde édition, augmentée des *Femmes philosophes.* L'auteur est encore connu comme démonologue.

Bel exemplaire aux armes de MACHAULT D'ARNOUVILLE, lieutenant-général.

1984. **Bouchet** (Jean). Les Triumphes de la noble et amoureuse Dame, et lart de honnestement aymer, composé par le traverseur des voyes perilleuses. *Imprimé à Paris par Jean Real.* (A la fin) : *Nouvellement imprimé à Paris le vingtiesme jour de febvrier mil cinq cens quarante et ung* (1541) ; in-8, goth. de 12 et 390 ff., veau fauve, dos orné à la grotesque, dent., tr. dor. (*Rel. anc.*) 180 fr.

Gothique fort rare. Les Triomphes de la noble dame ne sont autres qu'un traité mystique où l'auteur a mêlé d'une singulière façon le sacré au profane.

Bel exemplaire.

1985. **BOUCHET** (Guill.). Premier (second et troisiesme) livre des Serees de Guillaume Bouchet, sieur de Brocourt. Reveu et augmenté par l'autheur en ceste dernière édition, presque de moitié. *Paris, Jérémie Perier,* 1608 ; 3 vol. in-12, mar. bleu, fil., dos orné, tr. dor. (*Trautz-Bauzonnet*). 300 fr.

Bel exemplaire de cette édition, la première complète, la plus belle et la plus estimée des *Serées.*

Les Sérées de Jean Bouchet sont des entretiens d'après souper. Il y en a pour tous les goûts « car j'aime aussi bien, dit l'auteur, choses de riscés que les plus sérieuses ». A la vérité c'est un recueil d'anecdotes et de plaisanteries qui s'al-

ternent avec des détails curieux d'érudition sur Hérode, Periclès, Demosthène,
Cicéron. Ce livre célèbre, fait à l'imitation du Cymbalum de Desperiers, et du
Moyen de parvenir de Béroalde, reflète
bien l'esprit sérieux et plaisant à la fois
du XVI² siècle.

1986. Bougeant. Voyage merveilleux du prince Fan-Feredin dans
la Romancie ; contenant plusieurs observations historiques,
géographiques, physiques, criti
ques et morales (par le P. Bougeant). *Amsterdam, Westsetin et
Smith,* 1735 ; pet. in-12, veau
fauve, dos orné, fil., tr. dor.
(*Rel. anc.*) 50 fr.

Exemplaire au chiffre couronné, sur
les plats, de MARIE-CHRISTINE DE SAXE,
femme de CHARLES III, ROI D'ESPAGNE.

1987. BRANTOME. ŒUVRES DU
SEIGNEUR DE BRANTOME. Nouvelle
édition, considérablement augmentée et accompagnée de remarques historiques et critiques.
*A La Haye, aux dépens du Li-
braire,* 1740 ; 15 vol. pet. in-12,
mar. vert, 3 rangées de fil, dos
orné de fleurons et de rosaces,
dent int., tr. dor. (*Rel. anc.*)
750 fr.

Vies des Dames Galantes. Vies des
hommes illustres et des grands capi-
taines. — Opuscules divers.
Jolie édition, illustrée de 1 fleuron qui
sert à tous les titres, 14 frontispices dessinés et gravés par *J.-V. Schley,* et 1 beau
portrait de Brantôme dans le dernier volume.
Bel exemplaire. Très rare en maroquin du temps.
Les reliures des trois premiers volumes
(Dames galantes) sont légèrement différents des autres.

1988. BRUSCAMBILLE. Les Fantaisies (*sic*) de Bruscambille, contenant plusieurs discours, para-
doxes, harangues et prologues
facétieux (par Deslauriers). Reveues et corrigées en cette dernière édition. *Paris,* 1668; pet.
in-12, de 286 pp., mar. citron,
dos orné, fil., doublé de mar.
bleu, dent. aux petits fers, fil.,
tr. dor. (*Trautz-Bauzonnet*).
300 fr.

Jolie édition qui se joint à la collection des Elzeviers. Elle sort des presses

de *Ph. Wleugart,* imprimeur à Bruxelles
(WILLEMS, *Les Elzéviers,* n° 2035). La
fin du volume est occupée par un mor-
ceau fort libre, ajouté à cette édition :
Les bonnes mœurs des femmes, et qui rem-
plit 2 pp.
Superbe exemplaire, de la Bibliothèque
de M. de la Roche-Lacarelle.

1989. Capelle (L. P.). Aneries ré-
volutionnaires, ou balourdisiana,
betisiana, etc., etc., etc. Anecdotes de nos jours, recueillies et
publiées par C. A. P... L. (L.
Pierre-Capelle). *Paris, Capelle,
an IX,* in-8, frontispice, *cart.
anc.* 20 fr.

Recueil rare,

1990. CASTIGLIONE (Baltazar).
Le Parfait Courtisan du comte
Baltasar Caltillonnois, es deux
langues, respondans pour ceux
qui veulent avoir l'intelligence
de l'une d'icelles. De la traduction de Gabriel Chapuis Tourangeau, *Lyon, L. Cloquemin,* 1580;
in-8 de 16 ff. prél., 60 pp. et 18
ff. non chiff. pour la table, dont
1 blanc, velin blanc à recouv.,
ornements d'entrelacs dor. et de
fers azurés aux angles et aux
milieux des plats, semis d'étoiles
dor., dos couvert d'arabesques,
fers azurés, médaillons et semis
de fleurons dor., tr. dor. (*Rel.
lyonnaise*). 1.500 fr.

Traduction rare et très recherchée de
G. Chapuis. Quelques fortes tâches aux
premiers feuillets.
Superbe reliure du temps.

1991. Castres (Sabatier de). L'Eco-
le des pères et mères par rap-
port aux dangers des mariages
faits par des vües d'ambition et
d'intérêt *Francfort et La Haye,
aux dépens de la Compagnie,*
1768 ; 2 part. en 1 vol. veau
fauve, fil. dos et coins ornés,
tr. dor. 20 fr.

Ce livre porte, en sous-titre : Recueil
d'histoires touchantes et véritables de
divers pareils cas très malheureux pour
les parents aussi bien que pour les jeunes
gens. Il contient: *Les Trois Infortunées.
Histoire d'Emilie. Histoire de la Comtesse
d'Orbeval. Histoire de Julie.*

1992. Caylus (Comte de). Œuvres
badines complètes. *Amsterdam*

et Paris, 1786-1787 ; 12 vol. in-8, veau marbré, dos orné. (*Rel. anc.*) 50 fr.

1 portrait et 24 belles figures par *Marillier*, gravées par *Bacquoy*, *Borgnet*, *Dambrun*, *Tissard*, *de Ghendt* et autres. Bel exemplaire.

1993. **Cazotte.** Œuvres badines et Morales. Nouvelle édition. *Londres (Paris)*, 1798 ; 3 vol. in-12, veau marbré, dent. dos orné, tr. dorée. 30 fr.

Exemplaire orné de 6 jolies figures de *Chaillou*, gravées par *Courbé* et *Bovinet*.

1994. **CENT NOUVELLES** (Les). Suivent les cent nouvelles contenant les cent histoires nouveaux, qui sont moult plaisans à raconter en toutes bonnes compagnies, par mainière de joyeuseté. *Cologne, P. Gaillard (Holl.)*, 1701 ; 2 vol. pet. in-8, front et fig., mar. vert, dos orné, fil., tr. dor. (*Rel. anc.*) 300 fr.

Figures de *Romain de Hooge* en bonnes épreuves tirées hors texte. Bel exemplaire.

1995. **Cent Nouvelles Nouvelles** (Les). Suivent les Cent Nouvelles contenant les cent histoires nouveaux, qui sont moult plaisant à raconter, en toutes bonnes compagnies, par manière de joyeuseté. *La Haye (Paris), Gosse et J. Neaulme*, 1733; 2 vol. in-12, mar. rouge, fil., tr. dor. (*Rel. anc.*) 60 fr.

Charmante édition, imprimée avec le plus grand soin. Bel exemplaire.

1996 **CERVANTÈS.** Novelas Exemplares de Miguel de Cervantes Saaavedra, dirigido a don Pedro Fernandez de Castro, conde de Lemos, de Andrade y de Villalua etc. *En Pamplona, par Nicolas de Assiagu, impressor del Reyno de Navarra*, 1615 ; pet. in-8, de 8 ff. non chiff. et 392 ff. chiff., vélin, plats et dos entièrement couverts de chiffres, tr. dor. (*Rel. anc.*) 2.000 fr.

Troisième édition des nouvelles de Cervantes rarissime; la première parut en 1613. Précieux exemplaire de LOUISE MARGUERITE DE LORRAINE, fille du duc de Guise (le Balafré) seconde femme de François de Bourbon, prince de Conti.

1997. **CERVANTÈS.** Histoire de l'admirable Don Quixotte de la Manche (traduit par Filleau de St-Martin). *A Amsterdam, chez Abraham Wolfgang*, 1692; 4 vol. — Histoire de... Don Quixotte. Tome cinquième. *Amsterdam, chez Pierre Mortier*, 1696, 1 vol. — Ens. 5 vol. in-12, mar. rouge, dos orné, fil., tr. dor. (*Rel. anc.*) 1000 fr.

Jolie édition rare, elle est ornée de 5 frontispices et 40 figures gravées. Reliure de *Monillé* avec son étiquette.

1998. **Cervantès.** Vida y hechos del ingenioso hidalgo Don Quixote de la Mancha. Compuesta por Miguel de Cervantes Saavedra. *En Haia, P Gosse y A. Moeljens*, 1744 ; 4 vol. in-12, fig., veau fauve, 3 rangées de fil. dor. et rosaces aux angles, dos orné, dent. int., tr. dor. (*Rel. anc.*) 150 fr.

Jolie édition de Don Quichotte ornée de 24 figures par *Coypel*, gravées par *Fokke*.

1999. **CERVANTÈS.** Les Principales Avantures de l'admirable Don Quichotte, représentées en figures par Coypel, Picart le Romain, et autres habiles maîtres. Avec les explications des trente et une planches de cette magnifique collection, tirées de l'original espagnol de Miguel de Cervantes. *La Haie, Pierre de Hondt*, 1746; in-4, fig., mar. bleu, dos orné, fil., tr. dor. (*Pa de loup*). 2.500 fr.

Livre très recherché, orné de 31 magnifiques estampes d'après *Coypel*, *Boucher*, *Cochin*, etc., gravées par *Folke*, *Picart*, *Schley*, etc. Exemplaire en grand papier contenant les figures en épreuves AVANT LES NUMÉROS, dans une superbe reliure en maroquin. Rarissime en cette condition.

2000. **CERVANTÈS** (Miguel de). El Ingenioso Hidalgo Don Quixote de la Mancha. Nueva edicion corregida por la Real Academia española. *Madrid, D. Joa-*

quin *Ibarra*, 1780 ; 4 vol. in-4, mar. rouge, dos orné, tr. dor. (*Chambolle-Duru*). 500 fr.

2 frontispices, 1 portrait, 14 lettres ornées, 22 en-têtes ou vignettes, 20 culs-de-lampe et 31 figures dessinées par *Barranco, Brunetie, del Castillo, Ferro* et *Gil*, gravées par *Ballester, Barcelon, Fabregat, Muntaner, Salvadory, Carmona* et *Selma*.
Très bel exemplaire.

2001. **Cervantès**. Le Don Quichotte traduit de l'espagnol, par H. Bouchon Dubournal. *Paris, Méquignon-Marvis*, 1822, 4 vol. in-8, figures, veau fauve, dentelles et milieux ornés en losange, à froid, dos orné de fers dorés et au pointillé avec pièces de mar. vert dent. int., tr. marb. (*Rel. de l'époque*). 100 fr.

Édition très recherchée ornée de 12 compositions par *H. Vernet, Eugène Lami*, grav. par *Caron, Burdet, Lignon. Leroux* et d'une carte indiquant les voyages fabuleux de Don Quichotte.

2002. **CHANTS et CHANSONS POPULAIRES** de la France. *Paris, H.-L. Deloye*, 1843 ; 3 vol. gr. in-8, fig., cart., *non rognés*. 500 fr.

Bel exemplaire de PREMIER TIRAGE, imprimé par Félix Locquin, de cette superbe publication illustrée par *Daubigny, Grandville, Meissonnier* et autres, de figures gravées sur acier.
Exemplaire dans son cartonnage illustré de publication. Très rare.

2003. **Chariton**. Di Caritone afrodisico. De racconti Amorosi di Cherea e di Callirrœ. Liri otto. Tradotti dal greco. *S. l. (Roma)*, 1752; in-4, mar. citron, dos orn., fil., dent. int., tr. dor. (*Rel. anc.*) 100 fr.

Ce roman des *Amours de Chæreas et de Callirhoé* compte parmi les plus élégants et agréables des romans grecs. Il commence par le mariage de l'héroïne presque aussitôt suivi de son enterrement. Elle revient à la vie dans son tombeau, est enlevée par des voleurs et finit, après de multiples aventures, par être rendue à Chaereas.
Cette traduction est de l'archevêque Mich.-Aingel Giacomelli.
Bel exemplaire du chancelier LAMOIGNON.

2004. **Chronique Scandaleuse**. — Histoire de Louys XI, Roy de France et des choses Memorables aduenues de son règne, depuis l'an 1460 jusques à 1483. Autremente dicte la Chronique Scandaleuse. Escrite par un Greffier de l'Hostel de ville de Paris, Imprimée sur le vray original, 1620 ; in-4, veau brun, fil., dos ornée et au pointillé. (*Rel. anc.*) 200 fr.

Belle édition de cette célèbre chronique composée par Jean de Troyes. Elle est ornée d'un superbe portrait en pied de Louis XI par *Matheus*.
Exemplaire aux armes de LOMÉNIE DE BRIENNE.

2005. **Comte** (Le) **de Gabalis**, ou Entretiens sur les Sciences secrètes, renouvellé et augmenté d'une lettre sur ce sujet (par l'abbé de Montfaucon de Villars). — La suite du Comte de Gabalis ou Nouveaux Entretiens. — Les Genies assistans et Gnomes irréconciliables, ou suite au comte de Gabalis (par le P. Ant. Androl. *Amsterdam et La Haye*, 1715-1718 ; 3 vol. in-12, mar. citron, dos orné, fil., tr. dor. (*Rel. anc.*) 100 fr.

Beaux exemplaires.

2006. **COMPTES** (Les) DU MONDE AVENTUREUX, contenant liiij discours, par A. D. S. D. De nouveau augmentés de cinq discours modernes facécieux, advenus en divers pays pendant les guerres civiles en France. *Paris Claude Michard*, 1582; in-16, réglé, mar. citron, tr. dor. (*Trautz-Bauzonnet*). 350 fr.

Jolie édition de ce recueil de nouvelles, dont une vingtaine sont tirées de Masuccio.

2007. **Contes des Fées** (Les). Dediez à son Altesse Serenissime Madame la Princesse Doüairière de Conty, par Mad. la Comtesse de M. (Henriette-Julie de Castellau, Comtesse de Murat). *A Paris, au palais, chez Claude Barbin*, 1698 ; in-12 de 4 ff. lim. non chiff. et 408 pp. — Les Contes des Fées par Madame de M. (par la même). *A Paris, au pa-*

lais, *chez Claude Barbin*, 1698 ; in-12, de 4 ff. lim. non chiff. et 232 pp. — Ens. 2 vol. in-12, veau brun, dos orn. (*Rel. anc. fatiguée*).   200 fr.

Édition originale des Contes des Fées de Mme de Murat.

Le premier volume contient les contes suivants : *Le parfait Amour, Anguilette, Jeune et Belle*. Légères mouillures. Griffonnage sur le titre.

Le second volume contient : *Le Palais de la Vengeance, le Prince des Feuilles, L'Heureuse Peine*. Légères mouillures.

2008. **Contes** (Les) des Génies, ou les charmantes leçons d'Horam, fils d'Asmar, ouvrage traduit du persan en anglais par sir Charles Morell et en français sur la traduction anglaise. *Amsterdam, Marc Michel Rey*, 1766, in-12, figures, veau rac. dos orné, tr. marb. (*Rel. anc.*)   40 fr.

Ch. Morell est le pseudonyme de Jacques Ridley ; le traducteur français est Jean-Baptiste-René Robidet ; ce recueil contient 13 jolies compositions non signées.

2009. **Crébillon** fils. Le Sopha, conte moral. Nouvelle édition revue et corrigée. *A Gênes, aux dépens du public*, 2 tom. en 1 vol. in-12, veau écaille, angles et dos orné. (*Rel. anc.*)   60 fr.

Jolie édition.
Exemplaire orné, aux angles et au dos, des pièces d'armes du prince de ROHAN-SOUBISE.

2010. **Crenne** (Helisenne de). Les Angoysses douloureuses qui procèdent damours : composéces par Dame Helisenne. *S. l. n. d.* ; 3 parties. en 1 vol. pet. in-8, veau écaille. (*Rel. anc.*) 100 fr.

Curieux roman qui pourrait aussi bien s'intituler « Les Amoureux transis » ; il est composé à l'imitation des contes et nouvelles florentines du XVIe siècle.
Édition rare, non citée dans Brunet ; elle est illustrée de nombreuses compositions sur bois.

2011. **CRUIKSHANK** (Georg.). An essay on the genius of George Cruikshank. From the Westminster review, illustrated by three hundred and forth etchings from his most popular works, 1804-1854 ; 3 vol. gr. in-4, demirel. dos et coins mar. citron, dos orné, tr. dor. (*Riviere*).
250 fr.

Curieux recueil de 340 dessins noirs et coloriés extraits des revues ou des ouvrages illustrés par le célèbre caricaturiste anglais.
Portrait et notice. Dédicace autographe de Cruikshank. Toutes ces pièces réunies sous un titre manuscrit sont collées et montées sur onglet.

2012. **Cruikshank** (George). Phrenological illustrations, or an artist's view of the craniological system of doctors Gall and Spurz heim. *London*, 1826 ; in-4 obl. veau fauve, dos orn., fil., dent. int.   150 fr.

Illustré de 1 frontispice et de 6 planches, contenant 31 figures humoristiques.

2013. **Des Périers** (Bonaventure). Les Contes ou les nouvelles recreations et joyeux devis de Bonaventure des Periers. Nouvelle édition, augmentée et corrigée, avec des notices historiques et critiques par M. de la Monnoye. *Amsterdam (Paris), Z. Chatelain*, 1735 ; 3 vol. pet. in-12, mar. vert, dos orné, fil., tr. dor. (*Capé*).   150 fr.

La plupart des exemplaires de cette édition eurent à subir des retranchements et des modifications dans les notes rédigées par Bernard de la Monnoye. Celui-ci est un de ceux qui échappèrent aux ciseaux du censeur.
TRÈS RARE.

2014. **DE VAUX**. Les Jeux de l'Inconnu. Augmenté de plusieurs pièces les plus agréables de ce temps. En suite des Jeux de l'Inconnu, et de la maison des Jeux. *Paris*, 1644. Ens. 2 vol. pet. in-8, mar. orange, dos orné, double rangée de fil., doublés de mar. bleu, dent. int., tr. dor. (*Chambolle-Duru*).   300 fr.

Le premier recueil de pièces facétieuses, ou nouvelles comiques, est l'œuvre de De Vaux, comte de Cramail, dont le nom se lit à la fin de l'épître dédicatoire.
Le second recueil est attribué à Sorel. Il n'est pas entièrement de lui car il contient une pièce intitulée la *Ruelle mal*

assortie, qui aurait été composée par la reine Marguerite de Valois.

Bel exemplaire.

2015. Domenichi (Lod.). Facetie, Motti, et Burle di diversi Signori et persone private. Raccolte per M. Lodovico Domenichi & da, lui di nuovo dei settimo libro ampliate. Con una nuova aggiunta di Motti; raccolti da M. Thomaso Porcacchi, etc. *Venetia Dom. Farri*, 1581 ; pet. in-8, mar. rouge, dos orné à la grotesque, tr. dor. (*Rel. anc.*)

200 fr.

Belle édition, très complète, imprimée en caractères italiques.

Bel exemplaire de GIRARDOT DE PRÉFOND, dans une excellente reliure de *Padeloup*.

2016. Du Fail (Noë). Les Contes et Discours d'Eutrapel, par le feu Seigneur de la Hérissaye, gentilhomme breton. *Rennes, Noel, Glamet*, 1598; in-12, mar. rouge, dos orné à la grotesque, fil., tr. dor. (*Rel. anc.*) 100 fr.

Bel exemplaire dans une jolie reliure de Padeloup. *Ex-libris* de Laus de Boissy, collé sur la garde.

2017. Du Laurens (H.-J.). Le Compère Mathieu, ou les bigarrures de l'esprit humain (par l'abbé Henri-Jos. du Laurens). *A Paris, chez Patris et Gilbert*, 1796 ; 3 vol. in-8, veau écaille, dentelle, dos orné à l'antique, tr. marb. (*Rel. anc.*) 150 fr.

L'abbé Du Laurens écrivit cette satire licencieuse par haine des Jésuites. Elle eut un immense succès et fut tour à tour attribuée à Voltaire et à Diderot.

2018. DU VERDIER (Gilbert Saulnier). Le Roman des romans où on verra la suitte et la conclusion de l'histoire de Dom Belianis de Grece, du chevalier du Soleil, et des Amadis. *Paris, chez Toussainets de Bray*, 1626-1629, 7 tom. en 14 vol., pet. in-8, figures mar. rouge, fil. dos orné, dent. int., tr. dor. (*Rel. anc.*)

1.000 fr.

Reliure aux armes de Madame de POMPADOUR.

Livre curieux et rare, orné de nombreuses figures par *Crispin de Pas*. La marquise de Pompadour fit copier elle-même quelques titres et quelques pages qui manquaient à l'exemplaire.

2019. Du Verdier. Les Amours diverses de ce temps, sous les noms de Alcandre et Rosaiée, Floridor et Cleonée, Sylvan et Marilinde, Clarimandre et Amadonthe, Polydore et Olynde, Cleophon et Clerozie, Dorizel et Roziclée. *Paris, Perre Billaine*, 1629 ; in-8, demi-rel. dos et coins de mar. rouge. 40 fr.

Cet ouvrage de Du Verdier avait paru d'abord sous le titre de *Sacrifice amoureux*, que l'on retrouve encore en titre courant.

Bel exemplaire.

Antoine Du Verdier, sieur de Vauprivas (1544-1600), conseiller du roi, fut un écrivain distingué. Il s'est illustré dans plusieurs branches littéraires, tantôt comme poète, tantôt comme biographe, comme conteur et bibliographe.

2020. Entretiens (Les) familiers des Animaux parlans, où sont découverts les plus importans secrets de l'Europe dans la conjecture de ce temps. *Amsterdam, Hermann de Witt*, 1672 ; in-16, mar. rouge, dos orné, fil., tr. dor. (*Rel. anc.*) 50 fr.

Rare et curieux livre avec une « clef pour entendre les entretiens des Animaux parlans ». Les interlocuteurs sont, entre autres, le roi de l'Aigle (l'Empereur), le roi des renards (d'Espagne), le roi des licornes (de Portugal), le roi des cocqs (de France).

2022. Eugénie, nouvelle, manuscrit de 41 ff. d'une bonne écriture de la fin du XVIIIe siècle, in-4, mar. vert pomme, fil., dos orné, dent. int., tr. dor. (*Rel. anc.*) 200 fr.

Ce roman paraît-être la première ébauche du drame de BEAUMARCHAIS intitulé également *Eugénie*. C'est la même aventure d'une jeune fille malheureuse dans son amour. Les noms des personnages diffèrent. Nous noterons pourtant l'analogie des noms du héros fatal : *Rosempré* dans la pièce et *Roselan*, dans la nouvelle.

Charmante reliure de *Derôme*, portant, en lettres d'or, sur les plats, les mots « *Eugénie, Nouvelle* ».

2023. Fables inédites des XIIe, XIIIe et XIVe siècles, et fables de La Fontaine rapprochées de celles de tous les auteurs qui avaient, avant lui, traité les mêmes sujets, précédées d'une notice sur les fabulistes par A. C. M. Robert. *Paris, Étienne Carbin.* 1825; 2 vol. in-8, demi-rel. chagrin vert. 20 fr.

Portrait de La Fontaine, 90 figures en taille-douce et fac-similés d'écriture.

2024. **Fête des Fous.** Mémoires pour servir à l'histoire de la fête des Fous, qui se faisait autrefois dans plusieurs églises, par M. du Tilliot, gentilhomme ordinaire de son Altesse royale, Mgr le duc de Berry. *Lausanne, Bousquet,* 1741 ; in-4, basane. (*Rel. anc.*) 20 fr.

12 planches représentant les costumes et les divers attributs de la Mère-Folle de Dijon.

2025. **Figueredo.** L'Arioste moderne, ou Roland le Furieux (traduit de l'italien en français). *Lyon, Cl. de la Roche,* 1685-1686; 4 tomes en 2 vol. in-12, mar. rouge, fil. à froid, doublés de mar. vert, dent. tr. dor. (*Rel. anc.*) 200 fr.

Traduction attribuée à Mme Gillot Vasconcello et de Figueredo, dédiée au roi Louis XIV.
Très bel exemplaire dans une riche reliure janséniste doublée.

2026. **Fleurs du bien dire (Les),** recueillies es cabinets des plus rares esprits de ce temps, pour exprimer les passions amoureuses tât de l'un comme de l'autre sexe, avec un amas des plus beaux traits dont on use en amour, redigez en forme de lieux communs pour s'en servir à propos. *A Paris, chez Mathieu Guilleminot,* 1598 ; pet. in-12, veau marb., dos orné, tr rouges. (*Rel. anc.*) 100 fr.

Première édition.
Cet ouvrage a été attribué à Fr. Desrues et à Mathieu Guillemot.

2027. **Florian.** Galathée. Roman pastoral imité de Cervantès par M. de Florian, de l'Académie française, 5e édit. *Paris, l'Imprimerie de Monsieur,* 1788 ; in-18,

portr. fig. mar. rouge fil., dos orné, dent. int., tr. dor. (*Rel. de l'époque*). 40 fr.

Ouvrage orné d'un portrait de Cervantès et de 44 charmantes figures, le tout d'après *Flouet,* et gravées par *Guvard.*
Bel exemplaire.

2028. **FLORIAN.** Œuvres. *Paris, Ant. Aug. Renouard (Adr. Egron, Imprimeur),* 1820, 16 tomes en 12 vol. in-12, fig., demi-rel. mar. vert à longs grains. 350 fr.

Edition ainsi composée : Fables, 1 vol. Mélanges de poésies et de littérature, 1 vol. — Théâtre, 2 vol. — Numa Pompilius, 1 vol. — Gonzalve de Cordoue, 2 vol. — Traduction de Don Quichotte, 4 tomes en 1 vol. — Galatée ; Estelle, 2 ouvr. en 1 vol. — Mémoires d'un jeune espagnol ; Guillaume Tell, 2 ouv. en 1 vol. — Nouvelles, 1 vol.
Exemplaire imprimé sur GRAND PAPIER VÉLIN, non rogné, contenant la suite des figures de *Desenne, Coupé, Roger, Johannot* et *Moreau,* en deux états, EAUX-FORTES et AVANT LA LETTRE sur Chine, quelques planches en divers états.
On y a ajouté : 1° La suite de *Lefebvre* et *Le Barbier* AVANT LA LETTRE pour le *Don Quichotte.*
2° 63 figures de *Quéverdo* avec la lettre et 34 EAUX-FORTES de la même suite.
3° La suite de *Flouest* pour *Galatée.*
4° La suite de *Flouest* pour *Estelle.*
5° Différents portraits de *Florian, Cervantès, Voltaire,* etc.
6° La suite de *Marillier* et *Monnet.*
7° Différentes gravures à l'état d'EAUX-FORTES et AVANT LA LETTRE.
8° La suite de 6 figures de *Vignand.*
Exemplaire renfermant environ 400 figures en différents états.

2029. **Foe (Daniel de).** La vie et les avantures surprenantes de Robinson Crusoé, contenant son retour dans son île et ses autres nouveaux voyages Le tout écrit par lui-même traduit de l'anglais. *Amsterdam, chez l'Honoré et Chatelain,* 1720-1721; 3 vol. in-12, figures, veau brun, dos orné, tr. marb. (*Rel. anc., fatiguée*). 100 fr.

Jolie édition ornée de 1 fleuron sur le titre de chaque volume, 1 frontispice, 1 carte à chaque volume et 24 figures par *Bernard Picart.*

2030. **FOE** (D. de). La Vie et les Avantures surprenantes de Robinson Crusoé (par D. de Foë)... trad. de l'anglois (par Th. de Saint-Hiacinthe et Van Effen). Sixième édition. *Amsterdam, E. Van Harrevelt*, 1770 ; 3 vol. in-12, mar. rouge, fil., tr. dor. (*Derôme*). 750 fr.

Édition ornée des figures et cartes de *Bernard Picard*.

Superbe exemplaire dans une très jolie reliure de Derôme. Le dos est orné de différents petits fers dont celui *à l'oiseau*.

Le troisième volume contient les Réflexions sérieuses et importantes de Robinson Crusoé (faites pendant les aventures surprenantes de sa vie), avec sa vision du monde angélique.

2031. **Folengo**. Merlini Cocaii poetæ Mantuani Macaronicorum poemata. Nunc recens accurate recognita et accurate recognita et cum figuris locis suis suis appositis. *Venetiis, apud Joannem Variscum*, 1561; in-16, de 320 ff. chiff., mar. vert, 3 rangées de fil., dor., dos orné, tr. dor. (*Rel. anc.*) 50 fr.

Folengo, plus connu sous le pseudonyme de Merlin Coccaie, est l'un des représentants les plus fameux de la poésie burlesque. Ex-moine bénédictin il se fit une célébrité par ses poésies mêlées de mots latins et italiens avec une terminaison latine qu'il appela « *maccaronées* ».

Cette édition, plus complète que celle de 1554, est ornée de 24 figures sur bois à toute page, très curieuses. Exemplaire réglé.

2032 **Folies sentimentales**, ou l'égarement de l'esprit par le cœur, Recueil d'anecdotes nouvelles. *Paris, Royez*, 1786 ; in-8, fig., broché du temps. 25 fr.

Ce recueil galant contient : Lucile et Luidamore, La Folle de Saint-Joseph, Bedlam, tiré de l'Homme sensible, la démence d'Ellinor, le Fou par amour, la Folle du Pont-Neuf, et une anecdote flamande; le tout d'auteurs anonymes.

Orné d'un joli frontispice facétieux, non signé.

2033. **Fournaris**. Angélique, comédie de Fabrice de Fournaris napolitain dit le capitaine Cocodrille comique confident, mis en françois, des langues italienne et espagnole par le sieur L. C. *Paris, Abel Langelier*, 1599, pet. in-12, de 118 ff. chiff. et 1 f. non chiff., mar. citron, fil. à froid, dos orné à froid, dent. int., tr. dor. (*Rel. anc.*) 80 fr.

PREMIÈRE TRADUCTION française. L'original italien, sous le titre d'Angelica, parut à Paris, en 1585 chez le même éditeur.

Opuscule TRÈS RARE.

2034. **Galanteries** (Les) des Rois de France (par Vannel et Sauval). *A Cologne, chez Pierre Marteau, s. d.* (vers 1725); 3 vol. in-12, veau fauve, fil. (*Rel. anc.*) 20 fr.

Frontispices, titres et jolies figures en taille-douce.

2035. **Ghezzi**. Raccolta di XXIV caricature designate colla penna dell celebre Cavalliere P. L. Ghezzi. *Dresde*, 1750 ; in-fol., demi-rel. chagrin rouge. 150 fr.

On a réuni sous ce titre 35 caricatures de personnages italiens, gravées par Oesterreich, Canale, Bomdelli, etc., d'après Ghezzi, Internari, etc., 13 dessins de même nature à la plume, et une suite : *Raccolta di diverse caricature delineate et incise da Van Westerhout*. Roma, 1765, titre et 12 pl. en largeur.

2036. **GIRALDY**. LES CENT EXCELLENTES NOUVELLES de Jean-Baptiste Giraldy Cynthien, gentilhomme ferrarois, mis d'italien en françois par Gabriel Chappuys, Tourangeau. *A Paris, pour Abel l'Angelier, libraire Juré, au premier pillier de la grande salle du palais.* 1584 ; avec privilège; 2 vol. in-8, mar. fauve, dos et plats ornés de feuillages, doublés de mar. bleu, dentelle de feuillages à petits fers, tr. dor. (*Trautz-Bauzonnet*). 1.200 fr.

T. I. 12 ff. lim. pour la dédicace à Madame la duchesse de Retz, le privilège et les sommaires, 502 ff. chiff. pour la préface et le texte. T. II. 12 ff. lim. pour la dédicace à Mgr le duc d'Epernon, le privilège et les sommaires, 303 ff. chiffr. pour le texte.

Bel exemplaire de cette traduction rare et fort recherchée. De la Bibliothèque du COMTE DE BÉHAGUE.

2037. **Gomberville** (M. Le Roy de). L'Exil de Polexandre. *Paris,*

Toussainct du Bray, 1629 ; in-8, de 8 ff. prél. 926 pp. et 1 ff. pour le privilège, mar. rouge, 3 rang. de fil. dor. et rosaces aux angles, dos orné à la grotesque, dent. int., tr. dor. (*Rel. anc.*)

100 fr.

C'est la première édition de Polexandre. L'auteur fit paraître d'abord son roman sous ce titre.

2038. GOMBERVILLE. Polexandre (Roman). Revu, changé et augmenté. *Paris, Aug. Courbé*, 1637, 5 vol. in-8, mar. rouge, 3 rang. de fil. dor., dos orné à la grotesque, tr. dor. (*Rel. anc.*)

800 fr.

Très bel exemplaire en grand papier, réglé. Guy de Balzac a dit de ce roman : « Le Polexandre est à mon avis, un ouvrage parfait en son genre ».

Il est très rare de rencontrer les 5 parties réunies telles qu'elles le sont dans cet exemplaire.

Joli frontispice et dédicace au roi Louis XIII.

2039. GOMBERVILLE. Polexandre (Roman). Revu, changé et augmenté. *Paris, Aug. Courbé*, 1645, 5 vol. in-12, mar. rouge, 3 rang. de fil. dor., dos orné de fleurs, dent. int., tr. dor. (*Rel. anc.*)

850 fr

Jolie édition, contenant une dédicace au roi Louis XIII, ornée de 5 très élégantes compositions d'*Abraham Bosse*, un des premiers graveurs de cette époque.

Exemplaire aux armes de Béatrix de Stainville, DUCHESSE DE GRAMMONT, sœur du duc de Choiseul, ministre de Louis XV.

2040. Gomberville (Marin Le Roy de). La Cythérée. *Paris, Augustin Courbé*, 1641; 2 vol. in-8, veau brun, dos orné. (*Rel. anc.*)

40 fr.

Gomberville compte parmi les plus célèbres romanciers du XVIII° siècle, à côté des d'Urfé et des Scudéry. Il était en grande considération auprès de Richelieu, qui l'admit à l'Académie alors constituée en corps officiel. Il prit une part active aux travaux de ladite assemblée dont il fut un des premiers membres. Sa Cythérée est l'un de ses meilleurs romans. Le livre est dédié à la duchesse de Lorraine, dont le titre-frontispice porte les armes.

2041. Gontier (Prevost de). Les Amours de la Belle du Luc. Où est démonstré la vengeance d'Amour, envers ceux qui médisent de l'honneur des Dames. Par J. P. Sieur de Gontier. *Rouen, impr. de Thomas Daré. S. d.* (vers 1609) ; in-12 de 84 ff. non chiff., mar. rouge, milieux de feuillage, tr. dor. (*Trautz-Bauzonnet*).

Ce roman, ou plutôt cette histoire réelle survenue sous le règne de Henri III, est précédée d'une épître « Aux dames » signée de Prévost, et d'un sonnet de de Croses. A la fin est un sonnet du « Libraire en faveur de la belle du Luc », signé : *Bati, lieu d'honneur*, anagramme d'Anthoine du Breuil.

2042. GOYA (Fr.). Caprichos inventados y grabados al agua fuerte, por Francesco Goya y Lucinetes pintor. *Madrid, (vers 1860]* ; in-4, obl., pl., demi-rel. toile.

400 fr.

Recueil plein d'humour et d'originalité où se cache sous des scènes grotesques, une satire politique des plus violentes.

Le volume se compose de 80 planches y compris le portrait de *Goya*.

Bel exemplaire contenant les planches en bonnes épreuves. Couvertures collées sur le cartonnage.

Recueil de toute rareté, dont il n'existe pas d'exemplaires dans le commerce.

2043. Graffigny (Mᵐᵉ de). Lettres d'une Péruvienne, nouvelle édition aug. de plusieurs lettres et d'une introduction à l'histoire. *Paris, Duchesne*, 1752 ; 2 vol. in-12, veau fauve, fil., tr. dor. (*Rel. anc.*)

60 fr.

12 titres gravés, 2 figures et 2 vignettes par Eisen.

Exemplaire aux armes de Guillaume de LAMOIGNON DE MONTEVRAULT, président à Mortier (1697-1774).

2044. Grose (F.). Principes de Caricatures suivis d'un Essai sur la peinture comique, par François Grose. *Leipzig et Vienne*, (1802), 2 vol. gr. in-8, planches, cart.

50 fr.

Livre très curieux divisé en 2 vol. dont l'un contient le texte et l'autre 29 planches formant album.

PREMIÈRE ÉDITION et PREMIER TIRAGE des planches.

2045. Hamilton (Ant.). Histoire de Fleur d'Epine, conte, par M. le comte Antoine Hamilton. *Paris, J. Fr. Josse,* 1730 ; in-12, veau brun, dos orné. (*Rel. anc.*)
50 fr.

Conte charmant, c'est le plus gracieux épisode des mémoires de Grammont.
Exemplaire aux armes de SAMUEL BERNARD.

2046. Hamilton. Contes. *Paris, Didot,* 1781 ; 3 tom. en 1 vol. pet. in-12, mar. rouge, 3 rangées de fil. et angles ornés de fleurs, dos orné de rosaces, dent. int., tr. dor. (*Derôme*).
100 fr.

Très jolie édition imprimée pour le comte d'Artois. Elle contient l'Histoire de Fleur d'Epine, les Quatre Facardins, le Bélier.

2047. HAMILTON. Mémoires du Comte de Grammont. Edition ornée de 72 portraits, gravés d'après les tableaux originaux. *Londres, Edwards, s. d.* (1792) ; in-4, portr., mar. rouge à grains longs, dos orné, fil. et dentelle dor. tr. dor. (*Rel. du temps*).
250 fr.

Excellente édition, très belle, et intéressante par les notes qu'elle contient. Le volume est orné de 78 portraits en superbes épreuves. 15 autres portraits ont été ajoutés plus 1 fac-similé autographe d'Hamilton.
Très bel exemplaire en GRAND PAPIER, contenant les *Notes et éclaircissements,* qui manquent souvent.

2048. Hamilton. Contes, publiés avec une notice de M. de Lescure. *Paris, Jouaust,* 1873; 4 parties en 2 vol. in-16, demi-rel. dos et coins de mar. vert, tête dor., *non rognés.* (*Petit-Simier*).
20 fr.

Le Bélier — Fleur d'épine — Les quatre Facardins — Zeneyde.
Ces Contes sont des chefs-d'œuvre d'enjouement et de bon goût.
Issu de la célèbre famille écossaise des Hamilton, Antoine comte d'Hamilton, attaché au roi Jacques d'Angleterre, vint en France avec ce monarque et écrivit tous ses livres en français et dans le français le plus pur.

2049. Haranques burlesques sur la vie et sur la mort de divers animaux, dédiées à la Samaritaine du Pont-Neuf, par M. Raisonnable. *Paris, Antoine de Sommaville,* 1651 ; pet. in-8, réglé, mar. bleu jans., tr. dor. (*Hardy*).
40 fr.

L'auteur de cet ouvrage a emprunté le titre des *Sermoni funebri* de Lando et des *Harangues facétieuses* imprimées en 1618, dont il a imité quelques discours; mais son texte est d'ailleurs fort différent de celui de Lando et donne cinq harangues de plus.

2050. Héliodore. Les Chastes et loyales amours de Theagenes et Chariclea. Traduites du grec de l'histoire d'Heliodorus, où est représenté le vray miroir de pudicité. *Rouen, Th. Reinsart,* 1612; pet. in-12, mar. rouge fil., milieux ornés d'une guirlande, dos orné de fleurs, tr. dor. (*Rel. anc. fatiguée*).
80 fr.

Jolie édition d'un des meilleurs romans de l'antiquité.

2051. HISTOIRE (L') DU NOBLE PREUX ET VAILLANT CHEVALIER GUILLAUME DE PALERME et de la belle Melior, lequel Guillaume de Palerme fut filz du roi de Cécille. Et par fortune et merveilleuse aventure devint vacher et finailement fut empereur de Rome sous la conduite d'un loupgarou fils au roy Despagne. *Paris, Nicolas Bonfons, s. d.* (vers 1560) ; petit in-4 goth. de 60 ff. à 2 col. mar. vert dos orné, fil., coins ornés, tr. dor. (*Bauzonnet-Trautz*).
800 fr.

TRÈS RARE et PRÉCIEUSE édition de ce roman de chevalerie, ornée de curieuses figures sur bois. Sur le titre la signature du poète *Jacques Poisle, seigneur de S. Gratien.*
Ce volume, d'une conservation parfaite, provient de la bibliothèque Armand BERTIN.

2052. HISTOIRE des nobles prouesses et vaillances de Galien Restaure, fils du noble Olivier le marquis, et de la belle Jacqueline, fille du Roy Hugon Empereur de Constantinople. Avec les figures mises de nouveau soubs chacun chapitre. *Lyon, par les héritiers de Fran-*

çois Didier, 1586; in-4, mar. vert dos orné, double rangée de fil. à froid, tr. dor. (*Trautz-Bauzonnet*).   300 fr.

Édition rare en 104 pp. non citée par Brunet, ornée de curieuses figures sur bois et d'un très beau titre orné.

Ce célèbre roman a trait à l'épopée de Roland à Roncevaux. Il est intitulé Galien Restauré parce que Galien fils du comte Olivier, par ses prouesses et faits d'armes, « restaura toute la chrétienté », après le massacre des douze pairs de France à Roncevaux, où les avait attirés le traître Ganelon.

2053. HISTOIRE du pètit Jehan de Saintré et de la Dame des Belles-Cousines, extraite de la vieille chronique de ce nom. *A Paris, de l'impr. de Didot jeune*, 1791; pet. in-12, mar. vert, dent., doublé de tabis, tr. dor. (*Rel. anc.*)   250 fr.

Exemplaire tiré sur PAPIER VÉLIN contenant 4 figures dessinées par *Moreau*, gravées par *Dambrun, Halbou* et *de Longueil*, épreuves AVANT LA LETTRE.

2054. Histoire du petit Jehan de Saintré et de la dame des Belles-Cousines ; extrait de la vieille chronique de ce nom, par M. de Tressan. *Paris, impr. de Didot jeune*, 1792 ; pet. in-12, fig., mar. rouge, dos orné, fil., tr. dor. (*Chambolle-Duru*).   125 fr.

Charmant exemplaire sur PAPIER VÉLIN, avec la suite des 4 figures de *Moreau* en double état : avec et AVANT LA LETTRE.

2055. Histoire de la Princesse de Ponthieu. — Différentes Historiettes; Avanture de l'Opéra; Le carosse embourbé ; Avanture des Thuilleries ; La belle saigneuse; Les amoureux Pellerins ; Palemon et Daphnis, églogue. *S. l. n. d.* ; in-8, veau brun. (*Rel. anc.*)   40 fr.

Manuscrit du XVIIIe siècle de 136 et 83 pp.

2056. HOGARTH (William). Suite de 74 planches de caricatures. *London*, 1790-1801, en 1 vol. in-folio, dos et coins mar. grenat.   500 fr.

TRÈS BELLES ÉPREUVES AVEC MARGES. Nous citerons, entre autres célèbres séries, *Les Proverbes, les Quatre Heures du jour, le Mariage à la mode, l'Enragé musicien, les Divers stades de la cruauté, les Revers de la cruauté, Crédulité, superstition et fanatisme, Harlotts progress. Après, o Vanily*, etc.

2057. L'Horloge des princes avec le très renommé livre de Marc Aurèle, recueilly par don Antoine de Guevare, traduict en partie de Castilan en François, par feu N. de Herberay, seigneur des Essars, et depuis receu et corrigé nouvellement. *A Paris, pour Abel l'Angelier*, 1580 ; in-8, vélin à recouv., fil., milieu orné, tr. dor. (*Rel. anc.*)   50 fr.

Excellente traduction de cet ouvrage célèbre de Guevara. C'est une sorte de roman qui rappelle la Cyropédie de Xénophon : l'auteur offre à Charles-Quint l'exemple du prince le plus parfait de l'antiquité. Le livre est écrit avec art et contient une série de tableaux pleins de vie et d'action, mêlés à des réflexions morales.

Rare dans une reliure du temps.

2058. Huber. Croquis de divers portraits de Voltaire dessinés dans le cours de sa vie par Huber de Genève et gravés par Villerey. *Paris* (vers 1780); album, in-4, cartonn. du temps.   200 fr.

Huber, peintre de Genève (1722-1790), est surtout connu pour les portraits et les scènes de vie domestique qu'il nous a laissés de Voltaire auprès de qui il vécut environ vingt ans.

Ce recueil très rare, et qui n'est cité nulle part, est une suite de 53 portraits-charge de Voltaire, remarquables de verve.

2059. Hurtado de Mendoza. La Vie de Lazarille de Tormes et de ses fortunes et adversités. Traduicte nouvellement d'espagnol en françois par M. B. P. *Paris, Boutonné*, 1620; 2 vol. in-12, mar. violet, dos orné, double rangée de fil., tr. dor. (*Tripon*).   30 fr.

La seconde partie a été traduite par d'Audiguier jeune : 4 vignettes en taille-douce sur chaque titre, finement gravées.

2060. HURTADO DE MENDOZA Aventures et espiègleries de Lazarille de Tormes, écrites par

lui-même. *Paris, impr. de Didot,*
1801; 2 vol. in-8, demi-rel. veau.
         500 fr.

Édition ornée de 40 figures dessinées
et gravées par *N. Ransonnette* AVANT LA
LETTRE. La figure du 17ᵉ chapitre du
tome II, qui manque presque toujours,
s'y trouve intacte.

On y a joint : 8 dessins anciens à la
plume et au lavis au tome II, 12 autres
dessins (6 dans chaque vol.) à la sépia,
fort jolis, signés *Ch. Ch., 1817 (Chasselat).*

2061. Lambert. Histoire de la princesse Jaiven, reine du Mexique,
traduite de l'espagnol. *La Haye,*
H. Scheurleer, 1750 ; 2 part. en
1 vol. in-12, fig., veau rac., 3
rangées de fil. et rosaces, dos orné. *(Rel. anc.)*   50 fr.

Roman composé en français par A. Fr.
Lambert. Il est orné d'une jolie figure
non signée.

Aux armes du duc de MONTMO-
RENCY-LUXEMBOURG.

2062. LANCELOT DU LAC. MORT
D'ARTUS ET AUTRES ROMANS DE
LA TABLE RONDE. En 4 vol. in-
fol., mar. rouge, dos orné, dent.,
tr. dor. *(Rel. anc.)*   25.000 fr.

Tome Iᵉʳ : *Cy commance le premier livre*
de la table ronde et coment le Roy ban de
benoye mourit et de l'enface de Lanclot
Dulac son filz. Et comant le Roy Claudas
print tout son pays. — Tome II. Conti-
nuation du premier livre. Au rº du
30ᵉ f. : [*Cy commence le deuxième livre de*
Lancelot...]. — Tome III : *Cy comence le*
tiers livre de la table ronde qui parle de la
destruction du Roy Claudas et coment Ga-
laad coquesta le Saint Graal et de la Mort
du Roy Artus et de la destruction de la
table ronde. — Tome IV : *Cy commence le*
livre de Galaad le bon chevalier qui accom-
plit les aventures du saint Graal. Et com-
mence commant il se assist a la table rond
au siège perilleux et de laventure de lespée...
Au 83ᵉ f. : *Cy commance le derrain livre*
du saint graal.... Et commance come agrau-
ain fit entendant au roy Artus les amours
de la royne geneure et de lancelot Dulac.
Les treize dernières lignes de la fin nous
donnent le nom de l'auteur de la traduction française, GAUTIER MAP, clerc
du roi Henri.

.... *Et je maistre gantier map en*
mercie moult le roy henry monseigneur
de ce quil loe cestuy mien lieuvre et de
et de ce quil luy done si grant pris Et
en la fin de cestuy mien liure merci
monsgr le createur du ciel et de la terre

de ce quil ma donne force et victoire le
liure de galaad et la destrucion de la
table ronde tout entieremet si quil n'y
faille riens.   Explicit

Important et remarquable manuscrit
exécuté en France au XVᵉ siècle. Il est
écrit en lettres gothiques en rouge et
noir, sur deux colonnes et entièrement
sur PAPIER. [Le tome Iᵉʳ contient 257 f.;
tome II : 173 ff. ; tome III : 212 ff.; et
tome IV : 178 ff.]

Les quatre volumes contiennent QUA-
RANTE-CINQ MINIATURES peintes en
différentes couleurs. Elles représentent les
faits héroïques des chevaliers de la table
ronde et en particulier de Lancelot du
Lac. Plusieurs sont très curieuses au
point de vue des costumes et des coif-
fures. C'est ainsi que certains personnages
sont revêtus de petits habits courts du
temps de Charles VII (1440), coiffés de
petits bonnets, et chaussés de souliers à
la poulaine. Les femmes portent les
grands bonnets Isabeau, et les détails des
costumes, tous variés, sont très intéressants.

Ces miniatures sont de grandeurs diverses. Quelques-unes en fin de chapitre
tiennent toute la largeur de la page.
Elles sont toujours à plusieurs personnages et très animées.

DEUX TRÈS IMPORTANTES MINIATURES
SUR VÉLIN ornent le tome IV. La première représente une curieuse scène de
la Table ronde entourée de chevaliers
présidés par le Roy Artus. La seconde se
rapporte à la victoire remportée par un
chevalier sur un adversaire malheureux,
lequel gît la tête fendue. Plusieurs personnages acclament le héros.

Ces miniatures sont peintes en différentes
couleurs et tiennent toute la page. Elles
sont encadrés par de RICHES BORDURES à
feuillages rehaussés d'OR.

Le premier feuillet du tome Iᵉʳ est
également occupé par UNE TRÈS BELLE
BORDURE de la grandeur de la page, avec
feuillages et fleurs rehaussés d'or. Au
bas sont peintes les armes du premier
possesseur : *de gueules à deux colombes*
affrontées, au chef d'azur chargé d'un che-
vron d'argent à l'étoile d'or à senestre.

En outre de nombreuses initiales peintes
en or et en couleurs ornent le texte.

Les quatre volumes sont dans une jolie
reliure uniforme en maroquin rouge,
exécutée au XVIIᵉ siècle, avec dos ornés
à l'oiseau, et dentelle sur les plats.

Il est très rare de rencontrer de nos
jours, des manuscrits de roman de chevalerie, de l'importance de celui-ci. Nous
ajouterons qu'il s'y trouve quelques variantes de texte avec les éditions imprimées, ainsi que certains passages non
publiés dans les éditions de Rouen et de
Paris.

2063. **La Rivey** (P.). La Philosophie fabuleuse, par laquelle sous le sens allégoric de plusieurs belles fables, est montrée l'envie, malice et trahison d'aucuns courtisans. Traictant sous pareilles allégories de l'amitié et choses semblables, par Pierre de La Rivey. *Rouen, Jean Berthelin,* 1620 ; in-12, vélin blanc. (*Rel. anc.*)   50 fr.

Livre curieux et recherché pour la vivacité et la libre verdeur du style.

2064. **La Ronce.** Le Renaud amoureux. Histoire précédente de Roland l'amoureux et furieux. Imité de l'italien du s^r Torquato Tasso. Par le s^r de la Ronce. *Paris, Toussainct du Bray,* 1620, in-12, de 8 ff. prél., 684 pp. et 6 ff. non chiff., vélin blanc à recouv. (*Rel. anc.*)   30 fr.

Edition recherchée, dédiée au duc de Nevers ; elle est ornée d'un joli frontispice par L. Gaultier, représentant les jardins d'Armide et les héros du roman, Renaud et Clarice.

2065. **Légende dorée,** ou sommaire de l'histoire des frères mendiants de l'ordre de Dominique et de François, comprenant brievement et véritablement l'origine, le progrez, la doctrine et les combats d'iceux ; tant contre l'église gallicane, principalement, que côtre les papes et entrieux mesmes depuis quatre cens ans (par Nicolas Vignier). *Leyde, Jean Le Maire,* 1608 ; in-8, mar. bleu, dos orné, milieux tr. dor.   50 fr.

Ouvrage qui se joint à l'Alcoran des Cordeliers et ayant pour auteur Nicolas Vignier, dont le nom en anagramme « Nul grain i recois » se lit au verso du titre.

Léger racommodage au titre.

2066. **Le Pays** (René). Les Nouvelles Œuvres. — Amitiez, amours et amourettes. Dernière édition, corrigée de plusieurs fautes qui se sont glissées dans les précédentes. *Suivant la copie de Paris, Amsterdam, Abr. Wolfgang,* 1687-1693 ; 2 vol. pet. in-12, front., mar. rouge, fil. à froid, tr. dor.   80 fr.

Recueil de lettres en prose et en vers, écrites avec facilité et enjouement, orné de 2 gracieux frontispices non signés.

A la suite : le portrait de l'auteur envoyé à S. A. Madame la duchesse de Nemours. — Bel esprit fin et enjoué, Boileau a dit de lui dans le Repas ridicule :

« Le Pays sans mentir est un bouffon
[plaisant »

2067. **Le Sage.** Les Aventures de Gil Blas de Santillane. Nouvelle édition. *Amsterdam, Herman Uytwerf,* 1733-1735; 4 vol. in-18, figures, broché, cart. du temps.   50 fr.

Edition recherchée, ornée de 32 jolies figures non signées.

2068. **Lesage.** Histoire de Gil Blas de Santillane. *A Londres, chez Longman,* etc., 1809 ; 4 vol. in-8, fig. demi-rel. mar. rouge avec coins, tête dorée. ·   200 fr.

Cette édition est remarquable par les 24 figures exécutées d'après les dessins de *Smirke.*

2069. **LE SAGE.** Histoire de Gil Blas de Santillane, par Le Sage; avec des notes historiques et littéraires par M. le Comte François de Neufchâteau. *A Paris, chez Lefèvre,* 1825 ; 3 vol gr. in-8, port., demi-rel. dos et coins de mar. rouge à longs grains, dos à quatre nerfs, ornés dans le goût romantique, *non rognés.* (Alô).   300 fr.

Exemplaire sur GRAND PAPIER VÉLIN, avec le portrait de Le Sage, tiré sur CHINE et AVANT LA LETTRE, auquel on a ajouté la suite de 24 gravures d'après *Smirke;* épreuves sur CHINE AVANT LA LETTRE.

2070. **Le Sage.** Histoire de Gil Blas de Santillane, par Lesage, vig. par J. Gigoux. *Paris, Paulin,* 1835; gr. in-8, demi-rel. mar. vert, coins, dos orné, tête dorée. (*Libermann*) .   80 fr.

Exemplaire orné d'un portrait de l'auteur, de nombreuses vignettes dans le texte, le tout gravé sur bois par Gigoux, le texte est encadré d'un double filet noir.

Bel exemplaire.

2071. **Longue** (Pierre de). Les Princesses Malabres, ou le Céli-

bat Philosophique. Ouvrage intéressant et curieux, avec des Notes historiques et critiques. *A An
drinople chez Thomas Franco*,
1734, in-12, de 6 ff. prél., 201 pp.
et 2 ff. de table, veau fauve, dos
orné. (*Rel. anc.*) 75 fr.

PREMIÈRE ÉDITION, RARE. L'ouvrage fut
poursuivi et condamné à être brûlé par
arrêt du Parlement du 31 décembre
1734. Cet exemplaire contient l'*Arrest*, à
la fin du vol.

Le dos du vol. porte les pièces d'armes
du DUC DE SOUBISE.

2072. **LONGUS**. Les Amours Pastorales de Daphnis et Chloé (traduites du grec de Longus par
Amyot). *S. l. (Paris)*, 1745 ; in-4,
fig., titre rouge et noir, mar.
rouge, larges dentelles sur les
plats, formées de fleurs et feuillages, dos orné, dent. int., tr.
dor. (*Rel. anc.*) 400 fr.

Edition illustrée d'un frontispice par
Coypel, et 28 figures par *Philippe d'Orléans (le Régent)*, gravées par *B. Audran*,
4 en-têtes et 4 culs-de-lampe.
Bel exemplaire.

2073. **LONGUS** Longi Pastoralium
de Daphnide et Chloe libri quatuor, graece et latine. Editio no-
va, distincta viginti novem figuris aeri incisis a B. Audran juxta
delineationes Aurel. Philippi...
*Lutetiae Parisiorum, in gratiam
curiosorum*, 1754, pet. in-4, mar.
rouge, dentelles sur les plats,
dos orné, dent. int. tr. dor.
(*Rel. anc.*) 300 fr.

Très jolie édition dite des *Curieux*, ornée
de figures dessinées par le *Régent*, gravées par *Audran*, renfermées dans de
beaux encadrements, et de vignettes, en-
têtes et culs-de-lampe par *Eisen* et *Cochin*.

2074. **Maillard** (Olivier). Novum
diversorum sermonum opus hactenus non impressum, reverendi
patris Olivierii Maillardi. *Venum-
datur Parisiis in domo Joannis
Parvi* (1518). — Sequuntur quatuor Sermones comunes per ad-
ventum et consequenter domini-
cales sermones nondum impressi, Rev. P. Fratris Oliverii Maillardi. *Parisiis, Joannes Parvus*,
1518; 2 tom. en 1 vol. in-8, goth.,
demi-rel. bas. 50 fr.

Olivier Maillard est célèbre par le ton
extrêmement libre et burlesque qu'il
employait dans ses sermons; la forme en
est, parfois, indécente.

Edition gothique sur 2 col., fort rare,
ornée d'initiales à fond criblé.

2075. **Marconville** (Jehan de). De
l'heur et malheur de mariage.
Ensemble les loix connubiales de
Plutarque, traduites en françois
par Jehan de Marconville, gentil'homme percheron. *Paris, pour
Jean Dallier,*, 1564 ; in-8, mar.
bleu jans., dent. int., tr. dor.
(*Vve Niédrée*). 100 fr.

Bel exemplaire d'un traité fort singulier et rare.
PREMIÈRE ÉDITION.

2076. **Marconville** (Jehan de). De
l'heur et malheur de mariage.
Ensemble les lois connubiales
de Plutarque, traduictes en françois, par Jehan de Marconville,
gentil'homme percheron. Revu
et augmenté. *Paris, pour Jean
Dallier*, 1571 ; in-8, mar. rouge,
jans., dent. int., tr. dor. (*Hardy*). 75 fr.

Livre très curieux, mêlé de bonhom-
mie et de facétie. Bel exemplaire.

2077. **MARGUERITE DE VALOIS**.
L'Heptameron des nouvelles de
très illustre et très excellente
princesse Marguerite de Valois,
royne de Navarre, remis en son
vray ordre, confus auparavant en
sa première impression, dédié à
Jeanne de Foix, royne de Navarre, par Claude Gruget. *A Paris,
par Benoist Prévost, rue Fremê-
tel, à l'enseigne de l'estoille
d'or, près le clos Bruneau*, 1559,
in-4, velin blanc. 1.000 fr.

SECONDE ÉDITION, RARISSIME, de l'Heptaméron, et la PREMIÈRE qui contienne
les 72 nouvelles.

Cette édition, la VRAIE ORIGINALE de
l'Heptaméron, tel qu'il a toujours paru
depuis est admirablement imprimée et
ornée de superbes lettres historiées et
fleurons Renaissance. Elle offre le texte
le plus authentique et se compose de 72
nouvelles au lieu de 67 seulement qui
se trouvaient dans l'*Histoire des Amants
fortunez*, laquelle n'était pas divisée par
journées, comme l'est celle-ci. Jeanne de
Foix à qui l'édition est dédiée, n'était

autre que Jeanne d'Albret, la mère du Béarnais, qui devint Henri IV.

Le livre se répartit ainsi :

6 ff. prél. contenant le titre, entouré d'un superbe encadrement style Renaissance avec deux cariatides en profil ; l'épître dédicatoire, la Table des sommaires, deux sonnets français signés J. Passerat et J. Vezon et un erratum — 212 feuillets chiffrés d'un seul côté pour le texte des Nouvelles y compris le Prologue, enfin 2 ff. non chiff., pour le privilège de la souscription de l'imprimeur. (Le titre a été fac-similé).

Bel exemplaire, très grand de marges Haut. : 0,23.

2079. MARGUERITE DE VALOIS. L'Heptameron des nouvelles de très illustre et très excellente princesse Marguerite de Valois, royne de Navarre. Remis en son vrai ordre par Cl. Gruget. *Paris, B. Prevost*, 1560 ; pet. in-4, veau brun, dos orné, tr. jans. (*Rel. anc.*) 600 fr.

Edition TRÈS RARE, publiée d'après celle de 1559 ; elle est illustrée d'un beau titre-frontispice et de jolies initiales ornées. C'est d'après ce texte que les nombreuses éditions de l'Heptaméron ont été composées.

2080. Marguerite de Valois. L'Heptameron, ou histoire des amants fortunez. Des nouvelles de Marguerite de Valois. Remis en son vrai ordre, par Claude Gruget. *Paris, J. Bessin*, 1698 : 2 vol. in-12, mar. rouge, dos orn., fil., tr. dor. (*Rel. anc.*) 200 fr.

Edition ornée de 2 jolis frontispices. Précieux exemplaire, très frais, du célèbre janseniste ARNAULT (1618-1699), avec sa signature 5 fois répétée sur les titres.

2081. Marguerite de Valois. Contes et nouvelles de Marguerite de Valois, reine de Navarre ; mis en beau langage, accomodé au goût de ce temps, et enrichis de figures en taille-douce. *A Amsterdam, chez G. Gallet*, 1699 (1700); 2 vol. pet. in-8, fig., mar. bleu, dos orné, fil. à la Duseuil, dent. int., tr. dor. (*David*).

180 fr.

Edition ornée de nombreuses figures en taille-douce tirées dans le texte.

Bel exemplaire auquel on a gratté sur les deux volumes le deuxième chiffre C,

pour mettre à la place le chiffre XIX. en caractères mobiles pour faire passer cet exemplaire pour une édition imaginaire de 1699.

2082. MARGUERITE DE VALOIS. LES NOUVELLES DE MARGUERITE, reine de Navarre. *Berne*, 1792 ; 3 vol. in-8, fig. et vign., veau fauve, dos orn. et mosaïqué de mar. vert, dent. sur les plats placée sur une bande de mosaïque de mar. vert, tr. dor. (*Rel. Directoire*). 600 fr.

Cette jolie édition est illustrée d'un frontispice dessiné par *Dunker*, de 73 figures dessinées par *Freudeberg*, gravées par *Halbou, de Longueil, Guttenberg*, etc., et de 72 en-têtes et de 71 culs-de-lampe dessinés par *Dunker*.

Cette édition est toute semblable à celle de 1780-1781, les titres seuls ont été renouvelés, les planches appartiennent au même tirage.

Cet exemplaire renferme les figures en superbes épreuves, AVANT LES NUMÉROS. Rare à rencontrer dans cette condition.

Jolie reliure mosaïquée.

2083. Marinello (Giovanni). Gli Ornementi delle donne Tratti dalle Scritture d'una Reina Greca per M. Giovanni Marinello. *In Venetia Appresso Francesco de Franceschi Senese*, 1562. Pet. in-8, car. ital., marque et initiales gravées sur bois, vélin jasp., tr. jasp. (*Rel. anc.*) 50 fr.

Livre curieux qui traite de la toilette des femmes et de la conservation de leur beauté.

Il est orné de jolies lettres historiées.

2084. Martial de Paris. Arresta amorum. Cum erudita Benedicti Curtii Symphoriana explanatione. Accessit huic editioni locupletissimus rerum et vocabulorum index. *Lugduni, apud Séb. Gryphium*, 1538, pet. in-4, veau fauve, fil. dor. 50 fr.

Les Arrêts d'amour, ce gracieux badinage du poète Martial d'Auvergne, sont des questions de droit et de procédure accommodés à la *matière des amours*. Benoit de Court, savant jurisconsulte (et non moins célèbre bibliophile) a joint à ces arrêts un commentaire très érudit, plein de recherches et de citations.

LIVRE RARE.

2085. Martial d'Auvergne. Les Arrêts d'amour, avec l'amant rendu cordelier, à l'observance d'amours, accompagnés des commentaires juridiques et joyeux de Benoît de Court, jurisconsulte. Revue, corrigée et augmentée de plusieurs arrêts, de notes et d'un glossaire des anciens termes. *Amsterdam, Fr. Chaiguion,* 1731 ; 2 vol. in-12, mar. rouge, dos orn., fil., tr. dor. (*Rel. anc*)   150 fr.

Bel exemplaire.
Le Glossaire des anciens termes de Lenglet du Fresnoy s'y trouve.

2086. Maurepas (Cte de). Les Étrennes de la Saint-Jean. Seconde édition, revue, corrigée et augmentée par les auteurs de plusieurs morceaux d'esprit. *Troyes, Veuve Oudot,* 1742 ; in-12, veau fauve, 3 rangées de fil. dor. et rosaces, dos orné, tr. dor. (*Rel. anc.*)   40 fr.

Ce recueil contient des nouvelles et anecdotes, composé par le Comte de Maurepas, Montesquieu, Caylus, Moncrif, Crébillon, La Chaussée, Duclos, Voisenon.

2087. Méliadus. La Plaisante et triumphante histoire des hauts et chevalereux faicts d'armes du tres-puissant et tres-magnanime et tres victorieux prince Meliadus, dit le chevalier de la Croix, fils unique de Maximian, empereur des Allemagnes Le tout mis en françois par le chevalier du Clergé, humble orateur. Nouvellement reveu et corrigé. *Lyon, Benoist Rigaud,* 1581 ; in-8, mar. rouge, dos orné, fil., coins remplis, tr. dor. (*Bel-Nicdrée*).   200 fr.

Traduction du roman de Leandro el Bel intitulé : *Libro del invincible cavallero Lopolemo, hile del emperado de alemans, y de los hechos que hizo llamendose et cavallero de la Cruz.* Le premier livre du texte espagnol parut pour la première fois en 1524. (Voy. Cat. Salva, II, n° 1632).
Splendide reliure ornée.

2088. Menagiana, sive Excerpta ex ore Aegidii Menagii. *A Paris, chez Florentin et Pierre Delaulne,* 1693 ; in-12, mar. rouge, chiffres sur le dos et les plats,

dent. int., tr. dor. (*Trautz-Bauzonnet*).   100 fr.

Édition originale.
Recueil des bons mots de ce célèbre bel esprit ; très bel exemplaire.

2089. Meursius. Joanni Meursii elegantia latini sermonis seu Aloisia signa toletana de arcanis amoris et veneris adjunctis fragmentis quibusdam eroticis. *Lugduni Batavorum, ex typis, Elzevirianis.* (*Paris, Barbou*), 1774 ; 2 part. en 1 vol. in-8, veau, fil., tr. dor. (*Rel. anc.*)   30 fr.

Bel exemplaire ; titre et frontispice gravés. Ouvrage rare.

2090. Mirabeau. Erotika Biblion. *A Rome, Imprimerie du Vatican,* 1783 ; in-8, veau écaille, 3 rangées de fil. dor., dos orné, dent. int., tr. dor. (*Rel. anc.*)   30 fr.

Célèbre facétie érotique de Mirabeau. A la suite : Rendez à César ce qui appartient à César.
Introduction à une nouvelle histoire philosophique des papes, ornée de gravures en taille-douce. *s. l.,* 1783, frontispice avec portrait de Pie VI en médaillon et une figure facétieuse, non signés.

2091. MIROIR de la vanité des femmes mondaines, par le P. Louis de Bouvignes, prédicateur capucin. *A Namur, chez Adrien La Fabrique,* 1684 ; pet. in-12, front. mar. rouge, fil., dos orné, dent. int., tr. dor. (*Rel. anc.*)   300 fr.

Livre très rare et recherché, contenant des détails curieux et naïfs sur les nudités et les vêtements des femmes, il est orné d'un frontispice gravé représentant : *Le diable inspire la Vanité à une femme pendant son sommeil.*
Exemplaire dédié à Mgr de Brias, archevêque de Cambrai, dans une reliure de Derôme.

2092. MOLINET (Jean). Les Faictz et Dictz de feu de bonne memoire Maistre Jehan Molinet contenant plusieurs beaulx traictez, oraisons et champs royaulx. *On les vend à Paris en la rue Sainct Jacques a l'enseigne de la fleur de lys,* 1540 ; pet. in-8, lettres rondes, mar. rouge, dos orné, fil. à froid, milieux et coins dorés, tr. dor. (*Trautz-Bauzonnet*).   500 fr.

L'adresse portée au titre est celle de *Jehan Petit*. Brunet ne cite cette édition qu'avec l'adresse de *Denys Janot*, et pourtant le présent exemplaire provient de sa collection.

Très bel exemplaire.

Chanoine de Valenciennes puis historiographe de Charles le Téméraire, Jean Molinet mourut bibliothécaire de Marie de Bourgogne et l'un des plus notables représentants de l'école dite des « rhétoriqueurs ». Ses faicts et dits sont de curieuses poésies se rapportant à l'histoire de la maison de Bourgogne; ce sont des satires et des allégories ingénieuses.

2093. **Momus** (Le) français, ou les aventures divertissantes du duc de Roquelaure, suivant les mémoires que l'autheur a trouvés dans le cabinet du Maréchal d'H... par le S. L. R... (Ant. Le Roy). *Cologne, Pierre Marteau,* 1778; in-12, veau fauve, dos orn., fil., dent. int., tr. dor. (*Thompson*)   25 fr.

Front. gravé.

2094. **Monrose**, ou le libertin par fatalité. S. l. *Paris, Cazin,* 1797; 4 parties rel. en 2 vol. in-8, mar. citron jans., fil. à froid., dent. int., tr. dor. (*Lortic*).   200 fr.

Ce roman est généralement attribué à Nerciat. Cependant Wolff, dans son *Histoire du roman*, en allemand, remarquant quelque différence avec *Félicia* dans le style et dans la composition, doute de l'exactitude de cette attribution. Très RARE. Exemplaire non illustré.

2095. **Montesquieu**. Lettres Persanes (par Montesquieu). *A Amsterdam, chez Pierre Brunel, sur le Dam,* 1721, 2 vol. in-12, mar. bleu jans., dent. int., tr. dor. (*Trautz-Bauzonnet*).   200 fr.

Édition rare, publiée la même année que l'édition originale.

Le titre du premier volume est en double; celui du second est remonté.

2096. **Montesquieu**. Lettres persanes, par M. de Montesquieu. *A Paris,* 1782, 3 vol. pet. in-16, demi-rel. veau rouge, *non rognés*.   50 fr.

Édition rare, non citée par Brunet. Tome I, 184 pp. — II, 201 pp. — III, 189 pp.

Exemplaire très frais, imprimé sur papier de Hollande.

2097. **MONTESQUIEU**. Le Temple de Gnide. (Nouvelle édition, avec figures gravées par N. Le Mire, d'après les dessins de Ch. Eisen. Le texte gravé par Drouët). *A Paris, chez Le Mire,* 1794; gr. in-8, papier vélin, mar. vert pomme, 3 rangées de fil. dor. droits et courbes, au pointillé et en guirlandes, dos orné à l'antique, dent. int., tr. dor. (*Bradel-Derôme*).   500 fr.

Titre gravé, frontispice contenant le portrait de Montesquieu en médaillon, vignette en tête de la dédicace et 9 ravissantes figures d'*Eisen*, gravées par *Le Mire* dont 2 pour *Céphise* et l'*Amour*.

Très rare en cette condition de reliure.

2098. **Olivier** (Jacques). Alphabet de l'imperfection et malice des femmes. Reveu, corrigé et augmenté d'un friand dessert et de plusieurs histoires pour les courtisans et partisans de la femme mondaine. *Rouen, David Ferrand,* 1640 ; in-16 de 450 pp., vélin. (*Rel. anc.*)   30 fr.

Livre rare. C'est un pamphlet de forme bizarre contre les femmes. Il est dédié « à la plus mauvaise ». L'auteur apostrophe la femme : « *escumeuse de la nature, séminaire de malheurs, tison d'enfer, lunette du vice, sentine d'ordure, monstre en nature, mal nécessaire, chimère multiforme, hameçon du diable.* » Un frontispice sur le titre, représente une femme à pattes de poule, la tête pleine de serpents assiégée de chiens.

2099. **PALMERIN D'ANGLETERRE**. Le Premier (et le second) livre du preux vaillant et très victorieux chevalier Palmerin d'Angleterre, filz du Roy, dom Edoard, auquel seront récitées ses grandes proesses : et semblablement la chevaleureuse bonté de Florian du désert, son frère, avec celle du prince Florendos, filz de Primaleon... traduit du castillan en françois, par maistre Jacques Vincent, du Crest Arnauld en Dauphiné. *Lyon, Thibauld Payen,* 1553 ; 2 parties en un vol. in-fol., mar. rouge jans., doublé de mar. bleu, dent., tr. dor. (*Chambolle-Duru*).   600 fr.

PREMIÈRE ÉDITION de cette traduction, dont l'original castillan serait dû, d'après Brunet, à LUIS HURTADO, et non pas, comme le dit Cervantès, à un roi de Portugal.

Livre de chevalerie très rare, dédié à DIANE DE POITIERS et orné de jolies lettres historiées dont plusieurs sont dues à Jean Cousin.

2100. **PARNASSE DES POÈTES** (Le) FRANÇOIS MODERNES, contenant leurs plus riches et graves sentences, discours, descriptions et doctes enseignements, recueillies par feu Gilles Corrozet, Parisien. *Paris, en la grande salle du Palais, en la boutique de Galiot Corrozet*, 1571; pet. in-8, mar. bleu foncé, milieu orné, dent., int., tr. dor. (*Thibaron-Joly*).   250 fr.

C'est un recueil de vers de Ronsard, Marot, Bonaventure des Périers, J. du Bellay, Baïf, de la Péruse, Tahureau, Grevin, B. de Gérard, etc.

Bel exemplaire de l'ÉDITION ORIGINALE. RARE.

2101. **Passe-Partout** (le) galant, par Monsieur ***, chevalier de l'ordre de l'industrie et de la gibecière. *A Constantinople, à l'imprimerie de sa Hautesse* (sic) 1710; in-18 de 232 ff., veau fauve, dos orné. (*Rel. anc.*) 60 fr.

Curieux roman où il est traité de MM. de Villars, Mauroy, d'Elbeuf et autres grands de l'époque sous le couvert d'une amusante fiction. Joli frontispice.

Aux armes de la COMTESSE DE VERRUE (1670-1736) sur les plats du vol., avec pièces d'armes sur le dos. Le mot *Meudon* est inscrit, en lettres d'or, sur les plats.

2102. **Patch**. Caricatures et charges d'antiquaires et voyageurs en Italie, dessinées et gravées par T. Patch (1768-1770) 52 pièces réunies en 1 vol. in-fol. dos et coins de mar. rouge.   150 fr.

On y remarque les charges de *Sterne, Tristram Shandy, F. Harwood. Spencer Draper, T. Robinson, Caramelli, Benbridge, baron Stosch*, etc.

2103. **PERRAULT** (Charles). Histoires ou Contes du temps passé.

Avec des moralitez par le fils de Monsieur Perrault, de l'Académie française. *Suivant la copie à Paris*, 1697; pet. in-18 de 4 ff. prél. et 176 pp., figures, mar. rouge.   600 fr.

SECONDE ÉDITION ORIGINALE, RARISSIME. reproduisant page pour page la première; elle est toute aussi rare.

Ce volume contient : 1° un joli frontispice portant le titre de *Contes de ma mère Loye*, il représente trois jeunes gens qui sont vraisemblablement les trois enfants de Charles Perrault, écoutant les récits d'une vieille femme qui file au fuseau.

2° Une dédicace à Mademoiselle (Elizabeth-Charlotte d'Orléans, fille de Monsieur et de la princesse Palatine).

3° 8 naïves et charmantes vignettes attribuées à *Clouzier*, une en tête de chaque conte.

2104. **Perrault** (Ch.). Histoires ou contes du tems passé, avec des moralités, par Ch. Perrault. Nouvelle édition, augmentée d'une nouvelle à la fin (L'Adroite Princesse, par Mlle l'Héritier). Suivant la copie de Paris. *A Amsterdam, J. Desbordes*, 1742; pet. in-12, fig., veau. (*Rel. anc., fatiguée*).   200 fr.

Édition très rare, reproduisant celle de 1697.

2105. **PERRAULT**. Les Contes des Fées, par Perrault, mis en vers par la C^sse M*** (Mariette). *Paris, Blanchon, an VII*, 2 part. en 1 vol. in-16, figures, veau granit, 3 rang. de fil. dor., dos orné et au pointillé dent. int., tr. dor. (*Rel. anc.*)   800 fr.

Charmante et libre traduction, en vers plein de grâce et d'esprit.

Exemplaire orné de HUIT JOLIS DESSINS DE L'ÉPOQUE, non signés.

2106. **PERRAULT** (Charles). Contes du temps passé, contenant les Fées, le Petit Chaperon rouge, Barbe-Bleue, le Chat botté, la Belle au Bois dormant, Cendrillon, le Petit-Poucet, Riquet à la Houppe et Peau d'Ane. Précédés d'une notice littéraire sur Charles Perrault, par M. E. de la Bédollière. Illustrés par MM. Pauquet, Marvy, Jeanron, Jacque et Beaucé. Texte gravé par M.

Blanchard. *Paris, L. Curmer,* 1843 ; gr. in-8, cartonn. de l'éditeur, *non rogné.* 300 fr.

10 frontispices par *Beaucé, Marvy, J. Compagnon, Ch. Jacque;* nombreuses vignettes en-tête et dans le texte. Texte gravé sur PAPIER VÉLIN fort.

Bel exemplaire de PREMIER TIRAGE, RARE.

2107. **PÉTRONE.** Observations sur le Pétrone trouvé à Belgrade en 1688 et imprimé à Paris en 1693. Avec une lettre sur l'ouvrage et la personne de Pétrone. *Paris, Vve Daniel Horteniels,* 1694 ; in-12, de 214 pp., veau écaille, 3 rangées de fil. dor., dos orné à la fanfare. (*Rel. anc.*) 250 fr.

Le privilège en date du 10 décembre 1693 est au nom de Georges Pélissier, qui passe pour le pseudonyme de Brugière de Barante.

Précieux exemplaire aux armes de Mme DE POMPADOUR.

2108. **PÉTRONE** Titi Petronii arbitri Satyricon quæ supersunt cum integris Doctorum viroum commentariis et notis Nic Heinsii et Guil. Goesii antea ineditis. *Amstelodami, apud Jansonio-Waesbergios,* 1743 ; 2 vol. in-4, mar. rouge, dos orné, fil., tr. dor. (*Pasdeloup*). 300 fr.

Edition la plus complète et celle que l'on recherche le plus. Elle a été mise au jour par *Gaspard Burmann.*

Exemplaire en GRAND PAPIER, dans une superbe reliure très fraiche dont le dos est orné de pièces de mar. vert et citron.

2109. **Pièces facétieuses.** Petit in-8, mar. vert, dos orn., fil., tr. dor. (*Rel. anc.*) 200 fr.

Intéressant recueil comprenant :

1° Procez et amples examinations sur la vie de Caresme Prenant; dans lesquelles sont amplement descrites toutes les tromperies, astuces, caprices, bisarreries, fantaisies, brouillements, inventions, subtilités, folies, débordemens et paillardises qu'il a commis et fait pratiquer en la présente année. Traduit de l'Italien. *Paris,* 1603.

2° Traicté de mariage entre Jullian Pioger dit Janicot et Jacqueline Papinet, sa future épouse. *Lyon,* 1611.

3° La Raison pourquoy les femmes ne portent Barbe au Menton, aussi bien qu'à la.... *Paris,* 1601.

4° La copie d'un bail et ferme faicte par une jeune Dame de son... pour six ans, *Paris, Viart,* 1689.

5° La Source du gros fessier des Nourrices et la raison pourquoy elles.... *Rouen, Bomont,* s. d.

6° La Source et origine des c... sauvages. Et la manière de les aprivoiser. *Lyon,* 1610.

7° La grande et véritable pronostication des c... sauvages.

8° Sermon joyeux d'un d.... de nourrices.

Réimpressions faites au XVIIIe siècle, très rares.

2110. **Plaisante et triumphante histoire** des hauts et chevalereux faicts d'armes du tres-puissant et tres-magnanime, et tres-victorieux prince Meliadus, dit le chevalier de la Croix, fils unique de Maximian, empereur des Allemaignes. Le tout mis en françois par le chevalier du Clergé, humble orateur. Nouvellement reveu et corrigé. *Lyon, Benoist Rigaud,* 1581 ; in-8, mar. rouge, dos orné fil., coins remplis, tr. dor. (*Belz-Niedrée*). 200 fr

Traduction du roman de Leandro el Bel intitulé : *Libro del invincible cavellero Lopolemo, hijo del emperado de atemans, y de los hectos que hizo llamandose et cavallero de la Cruz.* Le premier livre du **texte** espagnol parut pour la première fois en 1524.

2111. **Pogge.** Poggii Florentini oratoris eloquentissimi ac secretarii apostolici Facetiarum liber. Accessit Lucii philosophi Syri comœdia lepidissima, quæ Asinus intitulatur, ab ipso e græco in latinum traducta. *Cracoviæ, anno* 1592; in-12, de 8 et 206 pp., vélin blanc. (*Rel. anc.*) 50 fr.

Jolie édition des Facéties de Pogge. Le titre est orné d'une curieuse figure représentant un âne dansant, accompagné d'un musicien qui joue de la guitare.

2112. **Prévost** (L'Abbé). Suite des Mémoires et Avantures d'un homme de qualité qui s'est retiré du monde (par l'abbé Prévost). *Amsterdam,* 1733 ; in-12, mar. citron, dos orné, fil., tr. dor. (*Trautz-Bauzonnet,* 1856) 150 fr.

Cette édition a été longtemps considérée comme l'originale de *Manon Lescaut.*

Achat de Bibliothèques

Elle est en réalité la première édition séparée; elle fut publiée à Paris et fut interdite peu de jours après son apparition. Bel exemplaire. Haut. : 160 mill.

Ce livre qui est une sorte de confession de l'auteur, est l'une des œuvres littéraires les plus sincères et les plus belles qui existent.

2113. PRÉVOST (Abbé). Histoire du chevalier des Grieux et de Manon Lescaut. *Amsterdam, aux dépens de la Compagnie*, 1756 ; 2 vol. — Mémoires et aventures d'un homme de qualité qui s'est retiré du monde. Edition augmentée sur quelques manuscrits trouvés après sa mort. *Amsterdam, Martin, Desaint et Saillant*, 1756 ; 6 vol. Ensemble 8 vol. in-18, mar. rouge, 3 rangées de fil. dor. et rosaces, dos orné, dent. int., tr. dor. (*Derôme*).
1.000 fr.

Manon Lescaut est ornée de jolies figures par *Gravelot* et *Pasquier*, gravées par *Le Bas*.

Collection très rare en maroquin ancien.

2114. PRÉVOST (abbé). ŒUVRES CHOISIES. *Amsterdam et Paris*, 1783-1785 ; 39 vol. in-8, veau marbré, dos orné, fil., tr. dor. (*Rel. anc.*)
300 fr.

Edition ornée du portrait de l'auteur par *Schmidt* grav. par *Ficquet*, et de 77 fig. de *Marillier* grav. par *Biossy, Borgnet, Châtelain, Dambrun, Delaunay*, etc., en très bonnes épreuves.

Bel exemplaire dans une reliure de toute fraîcheur.

2115. Priapeia, sive diversorum in Priapum lusus; illustrati commentariis Gasperis Schoppi, Franei adjunctae sunt Heraclii inperatoris et aliorum epistolae de propudosa Cleopatræ reginae libidine. *Patavii (Amstelodami)*, 1664, pet. in-8 de 8 et 175 pp., veau fauve, fil., dos orné, tr. dor. (*Rel. anc.*)
80 fr.

Recueil de Priapées, fort rare : L'auteur Gaspard Schoff était un savant philologue. Ce recueil célèbre contient, à travers nombre d'obscénités, des extraits et commentaires précieux des grands écrivains latins.

2116. Prieur (Claude). Dialogue de la lycantropie ou transformation d'hommes en loups, vulgairement dits Loups-garous, et si telle se peut faire. Auquel en discourant est traicté de la maniere de se contregardre des enchantemens et sorcelleries, ensemble de plusieurs abus et superstitions, lesquelles se commettent en ce temps, par F. Claude Prieur, natif de Laval au Mayne, et religieux... *Louvain, chez Jehan Macs et Ph. Zangre*, 1596 ; in-12, vél. blanc. (*Rel. anc.*)
80 fr.

La Lycanthropie ou « réelle transformation » « d'hommes en loups, « signifie, selon l'auteur, que les lycanthropes apparaissent extérieurement autres qu'ils sont, et cachent par enchantement la forme et figure humaine, afin qu'on ne connaisse quelles gens ils sont. » Il n'admet pourtant pas la métempsychose pythagorique ni les métamorphoses d'Ovide et « autres telles absurdités fabuleuses ».

Livre très rare.

2117. PRIMALÉON. L'histoire de Primaléon de Grèce continuant celle de Palmerin d'Olive, empereur de Constantinople, son père, n'aguère tirée tant de l'Italien que de l'Espagnol, et mise en nostre vulgaire, par François de Vernassal, Quercinois. Premier livre. *Lyon, Pierre Rigaud*, 1618 ; 1 vol. — Le second livre de Primaleon... auquel les faicts héroïques et merveilleuses amours d'iceluy sont proprement dépeintes et naïvement exprimées par une histoire autant belle... Mis en françois par Gabriel Chappuis, Tourangeau. *Lyon, Pierre Rigaud*, 1612; 1 vol. Ens. 2 vol. in-12, mar. vert, fil., doublés de mar. rouge, dent. int., dos orn. au pointillé, tr. dor. (*Boyet*).
300 fr.

Jolie édition. Les plats du vol. portent en lettres dor. *Joust 1695*.

2118. Princesses (Les) malabares, ou le célibat philosophique. Ouvrage intéressant et curieux avec des notes historiques et critiques. *Andrinople (Paris), Th. Franco*, 1734, in-12, de 204 pp., veau écaille, dos orné et au pointillé. (*Rel. anc., aux armes*). 50 fr.

Ce livre singulier qui fut condamné à être lacéré et brûlé par arrêt du Parlement du 31 décembre 1734 est attribué tantôt à Lenglet-Dufrenoy, par d'autres à Quesnel, enfin à de Longue. Dès son apparition, il excita la curiosité publique, on y trouve sous un langage allégorique, métaphorique, énigmatique, des hardiesses formidables contre la cour et la religion.

Il est curieux de rencontrer ce livre aux armes, en dépit de la censure de l'époque.

2119. **Rabelais.** Les Œuvres de Me François Rabelais, docteur en médecine. Contenant cinq livres, de la vie, faicts et dits heroiques de Gargantua, et de son fils Pantagruel. Plus la Prognostication Pantagruéline, avec l'oracle de la dive Bacbuc, et le mot de la Bouteille. Augmenté des Navigations et Isle sonante, l'isle des Apedefres, la Cresme philosophale, avec une Epistre limosine, et deux autres Epistres à deux vieilles de différentes mœurs. Le tout par Me François Rabelais. *Lyon, Jean Martin,* 1558 ; 2 part. en un vol. in-12, mar. vert, fil. à froid, tr. dor. 200 fr.

Édition très complète, la dernière contenant la faute consacrée : *Apedefres* au lieu d'*Apedefles*. Elle est antérieure à celle publiée à la même date de format in-8. Le *cinquiesme livre* qui forme la 2e partie du volume est à pagination séparée.

Bel exemplaire bien complet de cette édition rare. Un dessin à la plume sur le premier feuillet de garde.

2120. **RABELAIS.** Les Œuvres de M. François Rabelais, docteur en médecine. Contenant cinq livres de la vie, faicts et dits héroïques de Gargantua, et de son fils Pantagruel. Plus la Prognostication Pantagrueline, avec l'oracle de la Dive Bacbuc, et le mot de la Bouteille. Augmenté de ce qui s'ensuit. Les Navigations et Isle sonante. L'Isle des Apedestres. La Crème philosophale, avec une Epistre limosine, et deux autres épistres à deux vieilles de différentes mœurs. Le tout par M. François Rabelais. *A Lyon, par Jean Mar-*

tin, 1584 ; 3 tomes en 4 vol. in-16, mar. rouge, dos orn., fil., tr. dor. (*Rel. anc.*) 600 fr.

Cette édition qui contient les cinq livres est TRÈS RARE. Elle se répartit ainsi :

Tome I. Titre 402 pp. chiff. et 5 ff. non chiff. pour la table.

Tome II 270 pp. chiff.

Tome III. 576 pp. chiff. et 6 ff. de table.

Tome IV. 210 pp. et 20 pp. pour la table et la *Pantagrueline Prognostication.*

2121. **RABELAIS.** Les Œuvres de M. François Rabelais, docteur en médecine. Contenant cinq livres de la vie, faits et dits heroyques de Gargantua et de son fils Pantagruel. Plus, la prosnostication pantagruéline, avec l'oracle de la dive Bacbuc et le mot de la Bouteille. *Lyon, Jean Martin,* 1590 ; pet. in-8, mar. brun, angles et milieux des plats couverts d'ornements à l'éventail et aux petits fers, dos entièrement orné, tr. dor. (*Rel. anc.*) 400 fr.

Édition rare, contenant les Navigations et isles sonantes, l'Isle des Apedefres, la Cresme philosophale avec une epistre limosine et deux autres épitres à deux vieilles de différentes mœurs.

Jolie reliure à l'éventail. On lit sur les plats, en lettres d'or : Arthur-René Aveline.

2122. **RABELAIS.** Les Œuvres de Rabelais,, avec des remarques historiques et critiques (de Jac. Le Duchat et Bern. de La Monnoye). *Amsterdam, Henri Bordesius,* 1711 ; 6 vol. pet. in-8, mar. vert, dos orn., fil., tr. dor. (*Rel. anc.*) 500 fr.

Édition correcte et assez belle, et certainement la meilleure qui eût paru jusqu'ici. Elle est ornée d'un frontispice par *Broen,* d'un portrait, d'une vignette de dédicace, de 5 figures et d'une carte.

Bel exemplaire.

2123. **RABELAIS.** Œuvres, avec des remarques historiques et critiques de M. Le Duchat. A *Amsterdam, chez J. F. Bernard,* 1741, 3 vol. in-4, figures, mar. rouge, 3 rang. de fil. dor et rosaces aux angles, dos orné, dent. int., doublés et gardes de papier de fleurs tr. dor. (*Derô-me*). 1.000 fr.

PREMIER TIRAGE de cette jolie édition, ornée de 1 frontispice, dessiné et gravé par *Folkéma*, 1 titre gravé pour le 1er et le 3e vol., 1 portrait de Rabelais, gravé par *Tanjé*, 12 estampes de *Du Bourg*, gravées par *Bernaert*, *Folkéma* et *Tanjé*, 8 culs-de-lampe par *Picart*, et 3 gravures typographiques. Très rare en maroquin.

2124. RABELAIS. LE RABELAIS MODERNE, ou les œuvres de Maître François Rabelais, docteur en médecine, mises à la portée de la plupart des lecteurs, avec des éclaircissemens historiques, pour l'intelligence des allégories contenuës dans le Gargantua et dans le Pantagruel. *Amsterdam, F. Bernard*, 1752; 6 tomes en 8 vol in-12, mar. rouge, dos orn., fil., tr. dor. (*Rel. anc.*) 300 fr.

Édition dans laquelle le commentateur porte ensuite les passages qu'il supprime ou modifie; il donne aux tomes III, IV et VI, les pièces et documents ajoutés à l'édition de 1741.

2125. RAVISIUS (Textor). De memorabilibvs et claris mulieribvs : aliquot diversorvm scriptorv opera. *Parisiis, Simon Colonacus*, 1521 pet. in-fol., vélin, fil. à froid et armes sur les plats, tr. jasp. (*Rel. anc.*) 500 fr.

On trouve dans ce livre rare, le poëme de Valerand de Varenne d'Abbeville sur les faits et gestes de Jeanne d'Arc, une vie de Ste Geneviève et autres vies de saintes, intéressantes. — A la suite de cet ouvrage : CRINITUS, *De honeste disciplina libri XXV, de poetis latinis libri V, et Pœmaton libri. Cum indicibus, tabellisque alphabeticis*, etc. *Ex œdibus Ascensianis, anno 1525;* ce sont les œuvres très recherchées du grand érudit italien, Crinito. Ces deux ouvrages sont ornés, le premier, de la marque de Simon de Colines, le second, d'un frontispice avec la marque de Bade entouré d'un bel encadrement, et contiennent de nombreuses initiales historiées.

Exemplaire aux armes de SALVAIN DE BOISSIEU, frappées en noir.

2126. RÉCRÉATIONS (Les), Devis et Mignardises : demandes et responces que les amoureux font en l'amour, avec le blason des herbes et fleurs pour faire les bouquets, sonnets et dizains, fort

convenables à ces devis, nouvellement fait au contentement et plaisir de tous vrais amans. *A Lyon, par les héritiers de feu François Didier, à l'enseigne du Phénix*, 1592; in-16, mar. citron, doublé de mar. bleu, comp. de filets, dos orné, tr. dor. (*Trautz-Bauzonnet*). 500 fr.

Bel exemplaire d'un petit livre très rare renfermant 96 pages chiffrées et réglées en or. On trouve dans ce volume les pièces suivantes :

1° *Un quatrain au verso du titre;*

2° *La récréation des devis amoureux*, prose.

3° *Les ventes d'amour*, vers.

4° *Le blason des Herbes*, prose.

5° *Le blason de la ligature du bouquet*, prose.

6° *Demandes et responses d'amour*, prose.

7° *S'ensuivent plusieurs autres devis d'amour*, vers.

8° *Demandes joyeuses d'un amant à sa dame en manière de reproche ou vilenie*, vers.

Exemplaire de la bibliothèque de CH. NODIER et de R. HÉBERT.

2127. Regrets facétieux et plaisantes harengues funèbres sur la mort de divers animaux, pour passer le temps et recueillir les esprits mélancholiques : non moins remplies d'éloquence que d'utilité et gaillardise. Traductes de toscan (d'ortensis Lando) en françoys, par Thierri de Timofille (ou plutôt François d'Amboise). *Paris, Nicolas Chesneau et Jean Loupy*, 1576 ; in-16, mar. vert, dos orné, fil., dent. int., tr. dor. (*Chambolle-Duru*). 80 fr.

Ouvrage fort rare et des plus facétieux, comme on peut en juger par quelques titres suivants : *Harangue de Pusseau, sur la mort d'un pou de haulte gresse. Du curé Arlot, sur la mort de sa chouette. De Madame Fleur, sur la mort de son chat. De Bergamasque, sur la mort d'un plongeon*, etc.

2128. Recueil des brevets du régiment de la Calotte. Ridendo dicere verum quid vetat ? (Hor.) *Manuscrit du XVIIIe siècle;* in-4, de 300 pages, veau écaille, dos orné, tr. marb. (*Rel. anc.*) 50 fr.

Recueil de poëmes satiriques dirigés contre un grand nombre de personnages célèbres de l'époque tels que : le *prince*

Eugéne, cardinal Dubois, Cardinal de Rohan, Guérin de Tencin, archevêque d'Embrun, Vintimille, archevêque de Paris, maréchal Villars, Terrasson, Houdard de La Mothe, Fontenelle, Crébillon, Coypel, duc de Nevers, marquise de La Vrillière, duc de La Force, Law, prince de Conty, etc., etc.

2129. Recueil de quelques pièces nouvelles et galantes tant en prose qu'en vers, dont les titres se trouvent après la préface. (A la Sphère). *Cologne, P. Marteau (Holl. Elzeviers)*, 1663 ; in-12 de 3 ff. lim. et 180 pp. mar. brun, dos orné, fil., dent. int., tr. dor. (*Lortic*). 100 fr.

Bel exemplaire de ce volume très rare. Haut. : 127 millim.
Contient : Voyage de l'Isle Amour ; — Voyage de mess. de Bachaumont et La Chapelle ; — Relation du voyage à Nantes, etc.

2130. Recueil de quelques pièces nouvelles et galantes, tant en prose qu'en vers. *Cologne, Pierre du Marteau*, 1664 ; pet. in-12, mar. rouge, dos orné, fil., tr. dor. (*Trautz-Bauzonnet*). 80 fr.

Le voyage de l'isle d'amour par Tallemant. Voyage de Bachaumont et la Chapelle. Lettre de l'abbé de Montreuil contenant le voyage de la Cour vers la frontière d'Espagne, en l'année 1660. Il n'y a que vous qui sachiez cela. Portraits de Cloris, Stances irrégulières. Madrigaux, Elégies.
Joli exemplaire, relié sur brochure, d'un petit livre recherché.

2131. Restif de la Bretonne. La Découverte australe, par un homme volant, ou le Dédale français, nouvelle très philosophique, suivi de la lettre d'un singe, etc. *Imprimé à Leipsik, et se trouve à Paris*, 1781 ; 4 vol. in-12, figures, veau brun, dos orné. (*Rel. anc.*) 180 fr.

Le faux-titre porte : Œuvres posthumes de N***. Œuvres St⁰ˢ. La Découverte australe, ou les Antipodes : avec une estampe pour chaque fait principal.
C'est l'ouvrage le plus curieux de Restif, il est orné de 23 figures très bizarres, non signées. RARE.
Cet exemplaire contient les cinq diatribes (ff. 337-422) dont la suppression fut ordonnée par la police, et qui manquent généralement.

2132. Restif de la Bretonne. La Prévention nationale, action adaptée à la scène. *La Haie et Paris*, 1784 ; 3 vol. in-12, fig., br., *non rognés*. 150 fr.

Bel exemplaire broché, orné d'un joli portrait de Rétif se dépliant, dessiné par *Binet*, et de 10 charmantes figures de *Binet*. RARE.
Ce livre, a dit M. de Jouy, brille par une grande richesse d'imagination, l'auteur y trace des caractères avec habileté, les dialogues sont d'une vérité naïve qui charme, les tableaux frais et riants, pleins de naturel.

2133. Restif de la Bretonne. Les Veillées du Marais, ou histoire du grand Oribeau, roi de Mommonie, au pays d'Evinland et la vertueuse princesse Oribelle, de Lagenie. *Imprimé à Waterford, capitale de Mommonie (Paris)*, 1785 ; 4 tomes en 2 vol. in-12, mar. rouge, dos orné, fil., tr. dor. (*Chambolle-Duru*). 120 fr.

Bel exemplaire.

2134. RESTIF DE LA BRETONNE. LES NUITS DE PARIS, ou le Spectateur nocturne (par Restif de la Bretonne). *A Londres et à Paris*, 1788-1794 ; 15 vol. in-12, fig., demi-rel. mar. citron. 300 fr.

Orné de 18 figures de *Binet*.
PREMIÈRE ÉDITION d'un ouvrage extrêmement curieux, rempli de détails sur les choses et sur les hommes du temps, sur les journaux, sur les théâtres, les cafés, les promenades, etc. Le *Spectateur nocturne*, qui n'est autre que Restif lui-même, représenté dans la plupart des figures, raconte tout ce qu'il a pu observer d'intéressant dans les rues de la capitale pendant vingt ans; cette composition peut être considérée comme un livre unique qui représente la physionomie morale de *Paris la nuit* à la fin du siècle dernier. Les figures présentent également un grand intérêt; nous signalerons en particulier : *Restif présentant la fille Marion à la comtesse de Beauharnais, Bailly en présence de Louis XVI.*

2135. Richardson. Clarisse Harlowe, trad. nouv. et seule complète faite par Letourneur sur l'édition originale, revue par Richardson avec figures. *Paris, Lemarchand, an X* (1802); 14 vol.

in-12, portr. et fig., demi-rel.
veau grenat, coins, non rogné.
(*Thouvenin*). 200 fr.

Exemplaire sur grand papier vélin, avec les 14 figures AVANT et AVEC LA LETTRE par Bovinet, une suite anglaise de 8 planches avant-lettre de *Wales* et *Taylor* ajoutée ; à la page 48 du tome 1er se trouve une ravissante gravure de *Chodowiecki* avant la lettre : ensemble 22 gravures.

Bel exemplaire à toutes marges.

2136. **Rosset** (Fr. de). Les Histoires tragiques de nostre temps. Où sont contenuës les morts funestes et lamentables de plusieurs personnes, arrivées par leurs ambitions, amours desreglées, sortilèges, vols, rapines, etc. *Paris, Huby,* 1616 ; in-12, vélin. 50 fr.

De la cruauté d'un frère exercée sur une sienne sœur pour une folle passion d'amour. — D'un démon qui apparoist en forme de damoiselle... — Des amours incestueuses d'un frère et d'une sœur... — Des horribles excez commis par une jeune Religieuse à l'instigation du diable, etc.

Livre singulier, fort recherché.

ÉDITION ORIGINALE.

2137. **Rosset** (Franç. de). L'admirable histoire du chevalier du Soleil, traduite de l'espagnol (de Ortuñez de Calahorra), ou sont racontées les immortelles proüesses de cest invincible guerrier et de son frère Rosiclair, enfans du grand empereur de Constantinople avec les exploicts généreux et les adventures amousreuses de la belle et vaillâte princesse Claridiane et autres grands seigneurs. *Paris, Thiboust,* 1620-1626 ; 8 vol. in-8, vélin, milieux des plats ornés à froid. (*Rel. anc.*) 150 fr.

Roman espagnol qui eut un grand succès à l'époque. Édition originale de cette excellente traduction.

2138. **SAINT-GELAIS** (Ch.). LES EXCELLENTES, MAGNIFIQUES ET TRIUMPHANTES CRONIQUES des tres louables et moult vertueux faictz de la saincte hystoire de bible du tres preux et valeureux prince Judas machabeus ung des ix preux tresvaillant iuif. Et aussy de ses quatre freres Jehan : Symon : Eleazar et Jonathas, tous nobles, hardyes, vaillans machabées, filz du bienheureux prince et grand pontife Mathias. Lesquelz en diverses batailles, sièges de villes, forteresses et assaulx de guerre ont subtillement et victorieusement demonstrès plusieurs grans et merveilleux faictz d'armes... *Le present volume contenant les deux livres des Machabées nouvellement translaté de latin en françois et imprimé par Anthoine Bonnemere marchant libraire demourant à Paris, à lenseigne de sainct Martin rue sainct Ichan de Beaulvais,* 1514; in-fol. goth., fig. sur bois, mar. vert, comp. de fil., tr. dor. (*Kolher*). 600 fr.

Le traducteur de ce roman de chevalerie, Charles de Saint-Gelais, était le frère d'Octavien et de Mellin de St-Gelais. Archidiacre de Lyon et haut dignitaire romain, il s'est illustré dans les lettres par ce roman de chevalerie, aujourd'hui presque introuvable.

Très bel exemplaire grand de marges, de l'ÉDITION ORIGINALE.

2139. **Saint-Just** (S.-P. de M.). Fables en vers. *Paris,* 1799 ; 4 vol. in-12, demi-veau fauve, *non rognés.* 50 fr.

Troisième édition, tirée à 25 exemplaires.

2140. **Satyre** contre les Charlatans et pseudomédecins empyriques, en laquelle sont amplement descouvertes les ruses et tromperies de tous theriacleurs, alchimistes, chimistes, paracelsistes, distilateurs, extracteurs de quintescences, fondeurs d'or postable, maistres de l'elixir et telle pernicieuse engeance d'imposteurs, par Me Thomas Sonnet. *Paris, J. Milot,* 1610 ; pet. in-8, vélin blanc à recouv. (*Rel. anc.*) 60 fr.

Édition rare avec le beau portrait de l'auteur, gravé par *Léonard Gaultier.* Livre où sont réfutées « les erreurs, abus et impietez des Jatromages ou médecins magiciens qui usent de charmes, billets, parolles, charactéres, invocations de démons et autres détestables et diaboliques remèdes en la cure des maladies. »

2141. **Satyre Ménippée** de la vertu du catholicon d'Espagne et de la tenue des estats de Paris durant la Ligue. Nouvelle édition, imprimée sur celle de 1677, corrigée et augmentée d'une suite de remarques sur tout l'ouvrage pour l'intelligence des endroits les plus difficiles. *Ratisbonne, M. Kerver*, 1696 ; in-12, velin. (*Rel. anc.*) 50 fr.

Cette célèbre satyre est due à la fois à *Pierre le Roy*, *Passerat*, *Pierre Rapin* qui en composèrent toute la partie poétique, à *J. Gillot* et à *P. Pithou*.

Édition fort recherchée, contenant de curieuses figures dans le texte et 2 planches hors texte, dont la *Procession de la Ligue*.

2142. **SCARRON** (Paul). Recueil de quelques vers burlesques de Monsieur Scarron. *A Paris, chez Toussainct Quinet*, 1643. — Suite des Œuvres burlesques de M. Scarron. *A Paris, chez Toussainct Quinet*, 1644. — Typhon ou la Gigantomachie, poème burlesque. *A Paris, chez Toussainct Quinet*, 1644. — Le Jodelet ou le Maistre valet, comédie. *A Paris, chez Toussainct Quinet*, 1645. — La suite des Œuvres burlesques de Monsieur Scarron. Seconde partie. *A Paris, chez Toussainct Quinet*, 1647. — Les trois Dorothées, ou le Jodelet souffleté, comédie. *A Paris, chez Pierre Toussainct Quinet*, 1648. — La Relation véritable de tout ce qui s'est passé en l'autre Monde, au combat des Parques et des Poètes sur la mort de Voiture, et autres pièces burlesques. *A Paris, chez Toussainct Quinet*, 1648. — Les Œuvres burlesques de Monsieur Scarron, IIIe partie. *A Paris, chez Toussainct Quinet* 1650. — L'Héritier ridicule ou la Dame intéressante, comédie. *A Paris, chez Toussainct Quinet*, 1650. — Ens. 1 vol. in-4 mar. La Vallière, dos orné, comp. de fil. et ornem. aux angles, doublé de mar. bleu, fil. et large dent. formant encadrement, doubles gardes, tr. dor. (*Cuzin père*). 800 fr.

Éditions originales.

2143. **Scarron.** Le Romant comique de Mr Scarron (avec la troi-

sième partie par **A.** Offray). *Amsterdam, Pierre Mortier, s. d.* (vers 1650) ; in-12, front. grav. mar. rouge, dos orn., fil., dent. int., tr. dor. (*Hardy-Mennil*). 50 fr.

Jolie édition, recherchée, ornée d'un curieux frontispice.

2144. **Scarron.** Roman comique de Scarron. *A Paris, chez les Libraires associés*, 1784 ; 3 vol. in-12, mar. olive, fil. et rosaces, dent. int., tr. dor. (*Derôme*). 120 fr.

Exemplaire dédié à la reine, avec cette curieuse signature « *Scarron, malade de la Reine* ».

Bel exemplaire dans une jolie reliure de Derôme.

2145. **Scudéry** (Mlle de). Ibrahim, ou l'Illustre Bassa (par Mlle de Scudéry). Nouvelle édition, revûë, corrigée et ornée de figures en taille-douce. *Paris, Wittc*, 1723 ; 4 vol. in-12, pl. gr., veau granit, tr. rouge. (*Rel. anc.*) 100 fr.

Ce roman, ainsi que presque tous les autres du même auteur, parut sous le nom de Georges Scudéry, son frère ; les femmes, en ce siècle-là, ne voulaient pas être connues comme auteurs : celles d'aujourd'hui n'ont pas tout à fait autant de modestie.

2146. **Selva** (L.). La Métamorphose du vertueux livre plein de moralité, tiré de l'italien de Laurens Selva et mis en françois par J. Baudoin. *A Paris chez Charles Sevestre*, 1611 ; pet. in-8, mar. vert. olive, dos orn., fil. à la Du Seuil, tr. dor. (*Rel. anc.*) 80 fr.

Première édition française de ce conte curieux, très rare.

Exemplaire réglé, dans une reliure de *Boyet*.

2147. **Sermons** facétieux ou ridicules, et anecdotes curieuses sur les prédicateurs. *Paris, Delarue*, s. d. ; 2 part., br. 25 fr.

Édition tirée à 100 exemplaires.

2148. **Spanheim.** Histoire de la Papesse Jeanne, fidèlement tirée de la dissertation latine de M.

de Spanheim (par Lenfant). Troisième édition augmentée. *La Haye*, 1726 ; 2 vol. in-12, mar. rouge, dos orn., fil., tr. dor. (*Rel. anc.*) 150 fr.

Spanheim s'efforce de démontrer l'existence de la papesse, il réfute l'ouvrage de Blondel sur le même sujet.

Ouvrage orné de 5 curieuses figures gravées dont une représente la parturition de la papesse.

2149. **Spelte** (A.). La Sage Folie, fontaine d'allégresse, mère de plaisir, et Royne des belles humeurs (par Antoine Spelte et traduit de l'italien en français par J. Marcel). *A Lyon, chez Radisson*, 1650 ; 2 parties en un vol. in-12, mar. rouge, dos orné, fil., tr. dor. (*Rel. anc.*) 80 fr.

Livre de morale facétieuse, rare et curieux. Édition avec les approbations de 1628. Reliure très fraîche.

2150. **Straparole**. Les Facécieuses Nuits de Straparole, contenant plusieurs beaux contes et enigmes racontez par dix Demoiselles et quelques Gentilshommes. Traduit d'italien en françois par Pierre de Larivey. *Amsterdam, J.-Fr. Bernard*, 1725 ; 3 vol. in-12, mar. rouge, dos orné, fil., tr. dor. (*Rel. anc.*) 150 fr.

Straparole a puisé les sujets de ces contes facétieux dans les *Gesta Romanorum, Morlini, Boccace, Sacchetti, les fabliaux*, etc. Les scènes se passent dans un cadre de fantaisie : Lucrèce de Gonzague réunit dans l'île de Murando une société de dames et de seigneurs distingués, qui, pour passer le temps, racontent tour à tour de joyeuses histoires, suivies d'énigmes et de fables.

Cette édition a été entièrement revue par Pierre de Larivey.

Bel exemplaire.

2151. **Straparole**. Les Facétieuses Nuicts du seigneur Straparole (traduites par J.-B. Louveau, revues par P. de Larivey. *S. l. (Paris, Guérin)*, 1726 ; 2 vol. in-12, veau. 40 fr.

Recueil de contes et énigmes, très recherché.

Belle édition publiée par Bernard de La Monnoye.

2152. **Tabarin**. Recueil général des Œuvres et fantasies de Tabarin. Contenant des rencontres, questions et demandes facécieuses avec leurs responses. En ceste edition est adjoustée la deuxième partie de ses farces avec les rencontres et fantasies du baron de Gratelard. *Rouen, Loüys du Mesnil*, 1664 ; in-12, mar. vert, fil., tr. dor. (*Bauzonnet-Trautz*). 180 fr.

Un catalogue des Elzevier présente cette jolie édition comme étant imprimée à la Haye. Malgré l'annonce du titre, les Rencontres de Gratelard ne s'y trouvent pas.

Bel exemplaire.

2153 **Tabourot**. Les Bigarrures et touches du Seigneur des Accords. Avec les apophtegmes du sieur Gaulard ; et les escraignes dijonnoises. *Paris, Jean Richer*, 1614 ; 2 vol. in-18, mar. rouge, dos orn., fil., coins orn., tr. dor. (*Rel. anc.*) 80 fr.

Edition la meilleure, la plus jolie et la plus recherchée. Figures sur bois.

Taches de brûlures à 3 feuillets. Légères piqûres de vers dans la marge du deuxième volume.

2154. **Tabourot**. Les Bigarrures et Touches du seigneur des Accords, avec les apophtegmes du sieur Gaulard et les escraignes Dijonnoises. Dernière édition, reveue et de beaucoup augmentée. *A Rouen, chez D. Geuffroy*, 1625 ; 5 parties en 1 vol. pet. in-8, mar. rouge, dent. int., tr. dor. (*Duru et Chambolle*). 60 fr.

Edition non citée.

2155. **Tabourot**. Les Bigarrures et Touches du seigneur des Accords, avec les apophtegmes du sieur Gaulard et les escraignes dijonnoises. Dernière édition. De nouveau augmentée de plusieurs épitaphes, dialogues, etc... *A Paris, chez Etienne Maucroy*, 1662 ; 4 parties en 1 vol. in-12, mar. rouge, dos orné, fil., dent. int., tr. dor. (*Allô*). 100 fr.

La meilleure édition que l'on ait de cet auteur ; elle est ornée d'un curieux portrait de Tabourot.

Ce recueil de fantaisies et de facéties

eut un succès considérable, en raison de l'originalité puissante de l'auteur, qui représente au plus haut point la gaieté franche et la naïveté malicieuse du vieil esprit gaulois. C'est une sorte de pot-pourri littéraire où l'on rencontre une quantité de traits amusants et instructifs à la fois, des épigrammes qui rappellent Marot et des contes à la façon de Rabelais. Il fut d'ailleurs nommé avec raison le *Rabelais de la Bourgogne*.

2156. **Tahureau** (Jacques). Les Dialogues de Jacques Tahureau, gentilhomme du Mans, non moins profitables que facétieux ou les vices d'un chacun sont repris fort aprement, pour nous amener davantage à les fuir et suivre la vertu. A Monsieur M. François Pierron. *Paris, G. Buon*, 1568 ; in-16, mar. bleu, dent. int., tr. dor. (*Chambolle-Duru*). 90 fr.

Edition très recherchée, publiée par Maurice de La Porte.
Bel exemplaire.

2157. **Tahureau** Les Diagloves (*sic*) de Jacques Tahureau, gentilhomme du Mans, non moins profitables que facétieux. *Paris, Gabriel Buon*, 1570 ; in-16, mar. rouge, dos orné, fil., tr. dor. (*Trautz-Bauzonnet*, 1859). 150 fr.

Bel exemplaire d'une jolie édition de dialogues facétieux, où l'auteur flétrit les vices de son temps.

2158. **TAHUREAU**. Les Dialogues de feu Jacques Tahureau, gentilhomme du Mans, non moins profitables que facétieux. *Lyon, Pierre Rigaud*, 1602 ; in-16, veau brun, dos orné. (*Rel. anc.*) 250 fr.

Les Dialogues (375 pp. et 8 pp. pour la table) sont suivies des *Odes, Sonnets et autres poésies* (sic) *et facétieuses de Jacques Tahureau, Lyon, B. Rigaud*, 1574 (160 pp.).

2159. **THÉOPHILE DE VIAU**. Ses œuvres divisées en trois parties. *Paris, jouxte la copie imprimée à Rouen chez Jean de la Mare*, 1629 ; 3 part. en 1 vol. in-8 de 710 pp., mar. olive, comp. de fil. avec semis d'arabesques, étoiles et fleurons, milieux ornés à petits fers et au pointillé, dos orné. (*Rel. anc.*) 400 fr.

Edition très recherchée, contenant les œuvres complètes de Théophile, savoir : (1re partie), l'Immortalité de l'âme, avec plusieurs autres pièces ; (2e partie), les Tragédies ; (3e partie), les pièces qu'il a faites pendant sa prison jusques à présent. Ensemble plusieurs pièces nouvelles qui n'ont point été mises dans les précédentes impressions.
Jolie reliure du temps, portant sur les milieux des plats, en lettres d'or : « *A M. le Comte de Larguet.* »

2160. **Théophile de Viau**. Les Œuvres de Théophile, divisées en trois parties... Revëues et corrigées en cette dernière édition. *Paris, Nicolas Pepingué*, 1662 ; 2 parties en 1 vol. in-12, mar. rouge, fil. à froid. (*Trautz-Bauzonnet*). 100 fr.

Bel exemplaire d'une édition très recherchée.
Théophile de Viau fut, à la fois, un grand poète que célébra St-Evremond, un philosophe que Maigret appelait le « continuateur de Montaigne » un chef d'école que Scudéry et Pradon se glorifiaient d'imiter.

2161. **Théveneau de Morande**. Le Gazetier Cuirassé : ou anecdotes scandaleuses de la cour de France. *Impr. à cent lieües de Bastille à l'enseigne de la liberté*, 1771 ; in-8, br., n. rog. 20 fr.

Ouvrage curieux donnant les anecdotes les plus secrètes de ce siècle, il est orné d'un frontispice.

2162. **Tolédan** (le). *Paris, Quinet*, 1647 ; 5 vol. in-12, front. gravé., mar. rouge, dos ornés, fil., tr. dor. (*Rel. anc.*) 150 fr.

Bel exemplaire de ce roman attribué à Jean Renaud de Segrais. C'est l'histoire du célèbre Don Juan d'Autriche, fils naturel de Charles V.
Rare.

Le Propriétaire-Gérant : TH. BELIN.

MELUN. — IMP. E. LEGRAND, 23, RUE BANCEL.

www.ingramcontent.com/pod-product-compliance
Lightning Source LLC
La Vergne TN
LVHW021817170726
843503LV00007B/3232